共和国故事

爱国新风

——全国深入开展禁毒运动

胡元斌　编写

吉林出版集团股份有限公司

图书在版编目（CIP）数据

爱国新风：全国深入开展禁毒运动/胡元斌编. —

长春：吉林出版集团股份有限公司，2009.12

（共和国故事）

ISBN 978-7-5463-1729-8

Ⅰ．①爱… Ⅱ．①胡… Ⅲ．①纪实文学－中国－当代 Ⅳ．①I25

中国版本图书馆 CIP 数据核字（2009）第 237344 号

爱国新风——全国深入开展禁毒运动

AIGUO XINFENG　QUANGUO SHENRU KAIZHAN JINDU YUNDONG

编写　胡元斌

责任编辑　祖航　息望　林琳

出版发行　吉林出版集团股份有限公司

印刷　三河市嵩川印刷有限公司

版次　2010 年 1 月第 1 版　　　2022 年 1 月第 11 次印刷

开本　710mm×1000mm　1/16　　印张　8　字数　69 千

书号　ISBN 978-7-5463-1729-8　　定价　29.80 元

社址　吉林省长春市福祉大路 5788 号

电话　0431－81629968

电子邮箱　tuzi8818@126.com

前　言

　　自 1949 年 10 月 1 日中华人民共和国成立至今,新中国已走过了 60 年的风雨历程。历史是一面镜子,我们可以从多视角、多侧面对其进行解读。然而有一点是可以肯定的,那就是,半个多世纪以来,在中国共产党的领导下,中国的政治、经济、军事、外交、文化、教育、科技、社会、民生等领域,都发生了深刻的变化,中国人民站起来了,中华民族已屹立于世界民族之林。

　　60 年是短暂的,但这 60 年带给中国的却是极不平凡的。60 年的神州大地经历了沧桑巨变。从开国大典到 60 年国庆盛典,从经济战线上的三大战役到经济总量居世界第三位,从对农业、手工业、资本主义工商业的三大改造到社会主义市场经济体制的基本确立,从宜将剩勇追穷寇到建立了强大的国防军,从废除一切不平等条约到独立自主的和平外交政策,从"双百"方针到体制改革后的文化事业欣欣向荣,从扫除文盲到实施科教兴国战略建设新型国家,从翻身解放到实现小康社会,凡此种种,中国人民在每个领域无不留下发展的足迹,写就不朽的诗篇。

　　60 年的时间在历史的长河中可谓沧海一粟。其间究竟发生了些什么,怎样发生的,过程怎样,结果如何,却非人人都清楚知道的。对此,亲身经历者或可鲜活如昨,但对后来者来说却可能只是一个概念，对某段历史的记忆影像或不存在，或是模糊的。基于此，为了让年轻人，特别是青少年永远铭记共和国这段不朽的历史，我们推出了这套《共和国故事》。

《共和国故事》虽为故事，但却与戏说无关，我们不过是想借助通俗、富于感染力的文字记录这段历史。在丛书的谋篇布局上，我们尽量选取各个时代具有代表性或深具普遍意义的若干事件加以叙述，使其能反映共和国发展的全景和脉络。为了使题目的设置不至于因大而空，我们着眼于每一重大历史事件的缘起、过程、结局、时间、地点、人物等，抓住点滴和些许小事，力求通透。

历史是复杂的，事态的发展因素也是多方面的。由于叙述者的视角、文化构成不同，对事件的认知或有不足，但这不会影响我们对整个历史事件的判断和思考，至于它能否清晰地表达出我们编辑这套书的本意，那只能交给读者去评判了。

这套丛书可谓是一部书写红色记忆的读物，它对于了解共和国的历史、中国共产党的英明领导和中国人民的伟大实践都是不可或缺的。同时，这套丛书又是一套普及性读物，既针对重点阅读人群，也适宜在全民中推广。相信它必将在我国开展的全民阅读活动中发挥大的作用，成为装备中小学图书馆、农家书屋、社区书屋、机关及企事业单位职工图书室、连队图书室等的重点选择对象。

编　者
2010 年 1 月

目　录

一、中央发布禁烟通令

● 毛泽东说："烟毒问题不仅是一个严重的社会问题，而且还是党和人民同反革命残余势力斗争的焦点问题。"

● 1950 年 2 月 24 日，政务院发布《关于严禁鸦片烟毒的通令》。

毛泽东决心三年铲除烟毒

1949 年 10 月中旬的一天，周恩来手拿一叠材料匆匆地来到中南海勤政殿毛泽东的办公室。此时，毛泽东正和叶剑英、彭真在谈话。

毛泽东一边翻看着手中的材料，一边说："你来的正好，我和剑英、彭真同志也正在谈北京的禁烟禁毒问题。"

叶剑英、彭真同时向周恩来点头。

毛泽东表情极其严肃地对大家说："人民政府要把彻底查禁鸦片烟毒作为头等大事来抓，要发动广大的人民群众检举揭发，要禁种、禁制、禁运、禁吸四管齐下。要稳、准、狠地打击首恶分子，挽救多数……"一定要在 3 年之内彻底铲除烟毒，决不能留一点隐患。

叶剑英、彭真站起来说："我们回去就马上布置。"

叶、彭二人走后，毛泽东又和周恩来详细研究了全国各地种烟、制毒、吸毒、贩毒的情况。

资料显示：在一些有种烟历史的地区，烟地面积占相当大的比例。

仅西南地区种植烟土的土地就占该地区耕地总面积的 9.4%。

各地不仅种烟面积大得惊人，而且制造、贩卖毒品的活动也相当猖獗。

据统计，东北地区的几个大城市和铁路沿线的县城以及过去的产毒地带，从事制造、贩运的毒商、毒贩达1万多人；

华北的察哈尔、山西、绥远、河北4省及京津两市，也有毒贩1万多人；

另外，华东的福建、皖北、苏南、苏北、上海等地也存在类似的情况。其中，历史名城南京，在解放前形成了"湖北帮""江西帮""南京帮"等贩毒集团，他们既有"批发中心"，也有"零售网点"；

还有，地处华中地区的武汉还是全国三大烟毒运销中心之一。

至于吸毒的人数之多就更为惊人了。据统计，全国已有4.4%的人从事吸毒活动，其中西南地区更是占到了总人口的8%以上。这里烟馆林立，"生意"兴隆，仅昆明市就有上千家烟馆公开营业。

这些烟民不从事生产，终日吞云吐雾，神魂颠倒，而且，因吸毒导致道德沦丧，进而沦为盗匪、娼妓的大有人在。

更为严重的是，一部分国民党残余部队，溃逃到云南境外的缅甸和泰国，盘踞在中国西南国境线上，以种植、贩运毒品维持生计，并伺机入境进行破坏活动。

潜伏在缅、泰的国民党特务机关，也以烟毒为诱饵，发展特务，窃取情报，不断向中国境内渗透。此外，残留在大陆上的一些反革命分子，也通过制毒、贩毒获取巨款，充作匪特的活动的经费。

有一名叫陈荣辉的特务还潜伏到南京，组织"苏鲁皖人民反共救国军第五纵队"，连续三次由安徽贩卖烟土到南京出售，作为反革命活动的经费。

烟毒的蔓延，也使新中国政府工作人员中一些意志不坚定的党政干部，逐渐蜕化变质，违法乱纪，倒在毒烟之中。

吉林省蛟河县有一个名叫梁启发的毒贩，为了贩毒牟利，采取各种卑鄙的手段，把该县区长殷某和区政府助理员崔某拉下水，合作贩毒。

此后，殷某升任县委书记，崔某升任团县委书记。随着他们职务的升迁，权力的增大，罪恶活动更加肆无忌惮。他们一方面与梁启发紧密勾结，内外配合，大肆地搞非法活动，坑害国家和人民；另一方面，拉周围的干部一起下水，扩大他们的"阵地"。就这样，蛟河县公安局长、税务局长、县委组织部长，一个个倒下了。他们沆瀣一气，把共产党的县委机关，变成了一个令人发指的贪污集团。烟毒摧毁了整个县委。

上述情况表明，烟毒的蔓延，在政治上、经济上都造成了极其严重的后果。阻碍经济的恢复和发展，影响人民政权的巩固，腐蚀人民干部队伍，污染社会风气。

毛泽东心情沉重地说：

烟毒问题不仅是一个严重的社会问题，而且还是党和人民同反革命残余势力斗争的焦点问题。一个对人民和民族高度负责的无产阶级政党，决不能听任毒潮泛滥害国误民。

根据毛泽东的指示精神，周恩来决心在全国开展一场大规模的禁毒运动，彻底根除烟患，医治旧中国的瘤疾。

政务院发布严禁烟毒通令

周恩来回到西花厅，立即组织有关人员拟订了一份《严禁鸦片烟毒的草案》，急送毛泽东审阅。

毛泽东同意了这个方案。

1950 年 2 月 24 日，政务院第二十一次政务会议也正式审定通过这个方案。

周恩来于当天代表中央人民政府向全国发布《关于严禁鸦片烟毒的通令》，以下简称《通令》。

《通令》指出：自帝国主义侵略我国，强迫输入鸦片，为害我国已有百余年。由于封建买办的官僚军阀的反动统治，与其荒淫无耻的腐烂生活，对于烟毒，政府不但不禁止，反而强迫种植，尤其在日本帝国主义侵略下，曾有计划地实行毒化中国，因此戕杀人民生命，损耗人民财产，不可胜数。现在全国人民已得解放，为了保护人民健康，恢复与发展生产，特规定严禁鸦片烟毒及其他毒品的办法如下：

一、各级人民政府应协同人民团体，作广泛的禁烟禁毒宣传，动员人民起来一致行动。在烟毒较盛地区，各级人民代表会议或人民代表大会，应把禁烟禁毒工作作为专题讨论，制定出限期禁绝办法。

二、各级人民政府为使禁烟禁毒工作进行顺利，得设禁烟禁毒委员会。该会由政府民政、公安部门及各人民团体派员组织，民政部门负组织之责。

三、在军事已完全结束地区，从1950年春起应禁绝种烟；在军事尚未完全结束地区，军事一经结束，立即禁绝种烟，尤应注意在播种之前认真执行。在某些少数民族地区，如有种烟者，应斟酌当地实际情况，采取慎重措施，有步骤地进行禁种。

四、从本禁令颁布之日起，全国各地不许再有贩运制造及售卖烟土毒品事情，犯者不论何人，除没收其烟土毒品外，还须从严治罪。

五、散存于民间之烟土毒品，应限期令其缴出，我人民政府为照顾其生活，得分别酌予补偿。如逾期不缴出者，除查出没收外，并应按其情节轻重分别治罪。

六、吸食烟毒的人民限期登记（城市向公安局，乡村向人民政府登记），并定期戒除。隐不登记者，逾期而犹未戒除者，查出后予以处罚。

七、各级人民政府卫生机关，应配制戒烟药品，及宣传戒烟戒毒药方，对贫苦瘾民得免费或减价医治。烟毒较盛的城市，得设戒烟所。戒烟戒毒药品的供应，应由卫生机关统一掌握，严防隐蔽形式的烟毒代用品。

八、各大行政区人民政府（或军政委员会）、中央直辖省、市人民政府，各按本地区情况，依据本禁令方针，制定查禁办法及禁绝种、吸日期，呈报中央人民政府政务院批准实行。

并于批准后，印发布告，进行广泛深入的宣传教育工作。

通令颁布之后，一场轰轰烈烈的禁烟、禁毒的群众运动在全国波澜壮阔地开展起来。

按照政务院提出的要求，各级人民政府应紧密配合各人民团体，一方面遵循专门机关与群众路线相结合的方针，组织精干的力量，侦破大案、要案；另一方面根据各大区的实际情况相继制定禁绝烟毒的办法与措施。

二、 西南直捣产烟基地

● 吴剑平说:"新中国禁烟禁毒与国民政府禁烟禁毒,有着本质的绝对不同。"

● 群众说:"共产党烧大烟,是真正禁烟,这次禁烟一定能禁住了。"

四川规定严禁种植罂粟

1950 年 7 月 27 日至 31 日，西南军政委员会在重庆举行第一次全体会议。参加会议的有西南军政委员会主席刘伯承、西南军区司令员贺龙、政治委员邓小平以及西南地区的军政要员。

会上，邓小平首先向与会人员传达了政务院《关于严禁鸦片烟毒的通令》，接着刘伯承介绍了西南种烟吸毒的严峻形势，刘伯承认为：西南鸦片烟种植面积之广，吸毒人数之多，为全国之冠，其流量之大，非言语所能形容。

他要求大家拟定一个打击种、抽、贩毒的实施办法出来。

几天后，西南军政委员会拟定并通过了《关于禁绝鸦片烟毒的实施办法》，以下简称《办法》。

《办法》制定了具体的措施，要求各级政府尽快成立禁烟、禁毒委员会。

《办法》指出：各县应设立一所或数所戒烟所，政府卫生机构应配制戒烟药品。

《办法》还规定，自此文件公布后，各地必须严禁种植鸦片，凡已种植的烟苗，必须一律铲除，改种农作物。并严禁制造和贩卖各类毒品，所存毒品必须在规定之日上交相关部门。

针对某些地方还有烟馆存在的情况,《办法》勒令这些烟馆立即关闭,并没收烟馆的全部财产。

1950 年 9 月,政务院内务部再次发布《关于贯彻禁烟禁毒工作的指示》,文件指出:

> 临近秋播,各地要抓紧季节,在播种前大力开展宣传工作,使人民认识到政府禁烟的决心。种烟不止危害民众,而且对自己也没有利益。建议种烟多的地区,可通过各族代表会、农代会讨论,做出决定,发动群众,制定公约,形成群众性的自觉禁种运动。

"形成群众性的自觉禁种运动",这句话说起来容易,但做起来却有很大的难度。

以前的农民种植罂粟,一方面由于地方官吏及地主的强迫,另一方面也因种植罂粟有较高的经济利益,能够维持正常的生活。

那么,现在怎样才能既禁绝农民种植,又不损害农民的切身利益呢?

西南军政委员会讨论了以公粮收兑烟毒和低价收购的可能性。

以公粮收兑烟毒,当众焚烧,对于宣传禁烟运动有巨大作用,但将增加国家财政困难。仅万县、涪陵两区就需大米 365 万公斤。

川东区鸦片烟最多的是万县、涪陵、酉阳等 3 个专区所属之县。至于大竹、璧山两个专区产量则很少，如将这两个专区估计在内，所需大米必在千万斤以上方可收兑。

西康区 1950 年以平均 1.5 公斤大米换 1 两鸦片，也需 900 万公斤大米。

而若不采取收兑办法，只采取禁止贩运、没收缴纳的方法，则大部分种烟农民生活必然会受影响。

如城口县仁和乡，90% 的农民全靠以烟换粮维持生活，如果政府不给价，全部没收，至少会有一部分农民因此而断炊，有些地方也会因此而引起一定的混乱状态，影响社会秩序的安定。

但如果采取低价收购的办法，一些持有烟毒者，又势必会追求高利，隐售地下，还可能引起群众错觉，认为种烟仍然有利可图，从而继续偷种。

这种做法有收兑之名，而无收兑之实，会使政府法令变成一纸空文，降低政府威信，其利弊相较，此法亦不妥。

西康地区向中央提出了一个方法，他们想采取国民政府的旧办法，征收种烟者 50% 的罚金以解决财政困难，中央没有采纳。

西南军政委员会把上述情况上报中央，政务院最终决定采取只征公粮，不收烟捐的政策。

中央还特别规定，严禁以鸦片抵缴公粮，对因禁烟造成困难的农民，当地政府要给予适当的救济；对于种植粮食缺乏种子的农户，政府要发放玉米、小麦种子，鼓励改种。

随着政府严禁烟毒政策的施行，烟毒的销售渠道受堵，烟土无法外运，烟毒价格大跌，农民见种烟无利可图，而且连吃饭都成问题，逐渐开始弃烟种粮。

西南军政委员会的这项工作开展的很早，在春播初期，他们即和各地人民政府开始发放农贷，兴修水利，推广优良品种和防治病虫害。农村水利处在川东、川南、川西3个区共推广5.7万公斤改良水稻种子。

川东行署还规定农村干部必须挤出时间无偿帮助农民生产。

为保证农民利益，西南军政委员会还决定1950年夏不派公粮任务。

是年9月，川东行署根据秋粮上市后，粮价普跌的情况，决定国营粮食牌价只降10%，全区粮食季节差价维持在20%以内。

这些措施提高了农民生产的积极性，粮食产量稳中有长，涪陵县1949年粮食产量为16.8万吨，1950年为17.2万吨，比1949年增长2.15%，弃烟种粮后的农民生活得到了一定改善。

少数民族地区的禁种问题，是在发展生产和长期耐心细致的工作中逐步解决的。

凉山地区是彝民聚集的地区，在禁种问题上，当地政府把工作做得非常细致，他们把禁种地区归纳为三类：

1. 交际河一带，汉民无土地，租彝民地种植罂粟历史较长，采取不问不管态度；

2. 金阳沿江地区，汉民租耕彝民土地，彝民叫种罂粟不敢不种，否则即被夺佃。这类地区应依靠少数民族上层做好工作，不能采取硬性办法，但对汉民要加强教育；

3. 普格地区，汉民租种彝民土地或彝民租种汉民土地，种烟是彝民主动，应从做上层工作入手，限制汉民种植罂粟。

此外，当地政府在少数民族地区禁烟时，还结合生产救灾同时进行。

1950 年到 1951 年间，一些少数民族地区发生了较为严重的虫灾、旱灾，各级政府为了帮助他们渡过难关，加大了扶持力度，并采取以生产自救为主，救济为辅的方针，鼓励农民改种罂粟为种粮食。

1951 年，政府向另一个少数民族聚集区茂县发放贷粮、救济粮，并对积极改种粮食的行动给予表彰。

茂县黑虎乡 1950 年有一半耕地种植罂粟，1951 年底已基本未种罂粟而种植粮食，同时获得政府赠给"烟地变粮田，黑虎是模范"的奖旗，坚定民众禁种罂粟的决心。

粮食种植面积的增加，种植技术的提高，使少数民族地区农业生产逐渐恢复发展。

有了政策和法制的保障，各地的禁种工作卓有成效。大部分农民自动铲除烟苗，一些农民自发组成禁烟小组，深入检查，铲除烟苗。

川北平武县旧堡乡自发举行大清山运动，参加自卫队的乡民铲除烟苗151处。

到1951年底，四川大多数地区已基本禁种。就是川南的雷波、马边、峨边，川东的秀山、黔江、城口等过去种烟极多的地区经过宣传教育后，也基本无种植。

西康省的农民积极拥护禁烟，大部分群众主动铲除烟苗，将种烟的田地改种小麦、菜籽、洋芋和豌豆等农作物。

但在1951年春耕时期，政府仍发现有偷种现象。

土改结束后，农民分得土地，生产积极性空前高涨，汉族地区农民主动不再种植罂粟，使禁种效果得以巩固。

到1951年下半年，禁种工作进展迅速，少数民族受到汉族地区禁烟的震动，加之烟土价跌，也纷纷改种粮食作物。

这一年，凤仪、石纽、客顺、东兴、太平等5个乡已经基本禁种，靖平、白马、蚕陵、渭门等4乡已缩小种烟面积80%，杂居区的纳呼、龙坪比1950年减少种植面积50%。

松潘的少数民族聚居区亦比去年减少种植，杂居区缩小种植面积60%。西康省的汉族地区到1951年底已基本禁绝种植。

据四川林业厅估计，禁种以后，全省增加 30% 农耕地。

到 1951 年底，四川地区除川西民族聚居地区、西康省的凉山、阿坝等少数民族聚居区尚未完全禁绝种植罂粟外，其他地区已实现了基本无种植。

禁种工作的顺利推进，为禁毒事务的其他环节提供了有利的契机。

贵州清除百年烟毒贻害

贵州的禁烟禁毒工作在解放初期就开始了。

1949 年 11 月 15 日，贵阳解放。

11 月 22 日，中国人民解放军贵阳市军事管制委员会成立。

1950 年 1 月 30 日，贵州省主席杨勇、副主席陈曾固就发出禁烟《布告》；同日，贵州省发出《为禁绝鸦片告全省人民书》。

《布告》和《告全省人民书》都鲜明地表明了人民政府禁绝烟毒的决心。

《布告》指出：我省人民对鸦片毒品，一向都是抱深恶痛绝的态度，凡我解放地区，一律采取坚决禁绝的方针。为了保护人民生命财产，迅速建立革命秩序，恢复正当生产，繁荣经济，兹号召贵州省同胞，立即动员起来，掀起一个禁烟的大运动，把国民党留给我们的这一祸害予以扫除，为建设新的贵州而奋斗。

《布告》还明确指出，禁绝鸦片是当前的"紧急任务之一"，特颁布禁令如下：

　　1. 所有一切可耕土地，绝对禁止栽种鸦片烟苗。

017

2．已种之烟苗应迅即自动铲除。

3．绝对禁止贩卖运销鸦片毒品，违者没收，并视情节轻重给予惩处。

4．开设烟馆者，即改营其他正当职业，违者依法惩处。吸食鸦片毒品者，应及早自行戒除。

由于贵州烟毒流行已有百余年的历史，历届反动政府几乎都搞过"禁烟自肥"的花招，为了打消群众顾虑，《告全省人民书》指出：

人民政府提出的禁烟号召，与过去国民党反动派的假作禁烟刮财自肥的行为，毫无相同之处。

贵州省要求全省人民"放弃一切侥幸、拖延、投机等错误的思想，毅然决然执行人民委员会的号召"，彻底禁绝烟毒。

1950 年 7 月 31 日，西南军政委员会发布《关于禁绝鸦片烟毒的实施办法》。

贵州省根据西南军政委员会《关于禁绝鸦片烟毒的实施办法》的精神，于同年 8 月 25 日重申 1 月 30 日禁烟禁毒的规定：

坚决严格贯彻禁种，禁运，禁销贩卖，禁开设鸦片烟馆，禁止制造烟类毒品的规定。并有步骤地达到禁绝吸食之目的。

全省人民切勿存侥幸心理。倘有故违，定予严处不贷。如有借此造谣煽动者，坚决从严治罪。

同日，贵州省发出《关于禁绝鸦片烟毒实施办法》。

1950年10月27日，依据全省禁烟禁毒工作进展的实际情况，贵州省又发出《关于禁种禁吸禁运烟毒的训令》。

要求全省继续开展禁烟禁毒工作，并强调要在本年冬彻底禁绝种植鸦片。

1950年12月28日，西南军政委员会公布《西南区禁绝鸦片烟毒治罪暂行条例》，贵州省及时转发，并要求各地坚决依照"暂行条例"惩治烟毒犯。

1951年1月11日，为组织、领导广大群众坚决贯彻中央和西南军政委员会根绝鸦片烟毒的政策法令，贵州省人民委员会成立禁烟禁毒委员会。

省禁烟禁毒委员会由省、市有关机关及工、农、青等人民团体和工商界与社会人士组成。

李侠公任主任委员，吴剑平任副主任委员，徐健生、吴实等17人为委员。

在同日召开的第一次委员会上，副主任委员吴剑平报告了 1950 年来贵州禁烟禁毒概况。他指出：

> 因上半年匪特猖獗，禁烟禁毒受到了严重阻碍，为了全力进行剿匪，征粮，这项工作几乎陷于停顿。其后各地治安逐渐好转，社会秩序日趋安定后，始复动员起来。群众的觉悟逐步提高，禁烟禁毒的运动才普遍地展开。

············

> 破获烟毒案，逮捕毒犯，禁种，铲除烟苗，封闭烟馆，教育改造烟民，取得不少成绩。

············

> 但因烟毒危害贵州人民的时间过于长久，同时在反动统治时期，反动政府对于烟毒的态度不明朗，使贵州人民存在着侥幸的心理。

> 部分落后的分子，对人民政府禁烟禁毒的政策，抱有观望、犹豫的态度，因而影响了禁烟政策的全面展开和彻底执行。

> 所有这些都应坚决纠正。

主任委员李侠公作了总结。

他说："禁烟禁毒问题，它的本质是一个反封建的社会改革问题，是一个艰巨的政治任务。所以，人民政府在坚决禁绝烟毒的决心下，必须发动广大群众，来完成此项任务。"

他还说："人民政府之禁烟禁毒与反动政府的禁烟禁毒，有着本质的绝对不同的立场。"

要求"在有步骤，有计划，有领导地进行工作的过程中，坚决焚烧呈缴或查获之毒品、毒具，以表示人民政府根绝烟患之决心。"

1月17日，《新黔日报》在报道贵州省禁烟禁毒委员会成立的同时，以《进一步贯彻禁烟禁毒法令》为题发表了社论。

社论列举了鸦片烟毒的种种危害，揭露国民党反动统治时期历届旧政府假禁烟禁毒之名，牟取私利，以期对人民进行更残酷的掠夺与压榨的种种罪恶。

号召全省人民：

要坚决贯彻执行西南区禁绝烟毒的实施办法。

特别对于一些为恶成性敢于以身试法的贩运制售等不法分子，必须坚决给予严厉制裁！

贵州省《关于禁绝鸦片烟毒实施办法》发出后，贵阳市立即成立了以市长秦天真为主任委员，公安局长赵锦禄、民政局长吴道安为副主任委员的禁烟禁毒委员会。并于1950年9月7日发出《告全市人民书》。规定开设烟馆，贩运销售鸦片毒品者必须于9月18日前缴出全部存毒及烟具，逾期不缴者定依法严惩。同时，在三桥、龙洞堡、茶店设立检查站，严禁烟毒进入市内。

9月份，仅三桥检查站就查获鸦片9120两，吗啡2230两。

9月14日，市禁烟禁毒委员会在广场召开万人大会。市长秦天真发表禁烟讲话，表示"不根绝鸦片烟毒决不终止"的决心。

会后，在河滨公园广场当众焚毁鸦片3.2万两，烟具80多套。

9月22日全市突击检查，又查获烟毒犯183名，收获大烟1812两，查封了一批开了几十年的烟馆。

11月12日，为了惩治首恶，打击偷种偷贩毒品的犯罪分子，贵阳市人民法院召开声势浩大的万人公判大会。

判处"膏精大王"王银荣、何炳森二人死刑，立即执行。当众焚毁大烟2.3万两，烟具2万多件。

不久，安顺地区公安处又查明一个名叫黄煜的人冒充公安人员招摇撞骗、制造膏精砒子贩卖牟利，立即将其逮捕归案，并于1951年1月6日在安顺西门外召开公审大会，判处黄煜死刑，立即枪决。

1950年至1951年，各地在侦破烟毒案，公审公判重大烟毒犯，收缴存毒，焚毁鸦片毒品的同时，还积极发动群众禁种鸦片，铲除烟苗，组织烟民戒烟，教育、挽救了一大批吸食毒品成瘾的烟民，受到广大群众的拥护和赞扬。

习水县各区在1950年10月建立了"禁种大烟领导

小组"，乡建禁种小分队，在对种烟户普查的基础上，召开种烟户会议，逐块检查，对已种植的当场翻挖。未种的将烟种全部收缴，农会还派人专门巡视，一经发现，坚决取缔。

与此同时，各区由公安人员统一领导，以乡为单位，由乡农协主办"戒烟集训班"，组织烟民戒烟。全县共办57期，戒烟烟民达2781人。

1950年10月，福泉县公安局在县城、马场坪、牛场、陆坪4个区设立戒烟所，将烟民集中起来戒烟。

1951年2月，该县政府又建立"戒烟劳动队"，维修马场坪至翁安的公路，通过边劳动、边戒烟的办法促使烟民戒烟。戒烟劳动队每期1个月，每期收烟民200人，一旦彻底戒除，立即离队回家。

1951年6月，铜仁城关派出所、城关区成立"铜仁城区戒烟所"，先后举办两期戒烟学习班，307人受到教育后戒掉烟瘾。

1951年9月，《新黔日报》介绍了贵阳市的戒烟经验：

一是发动群众搞戒烟工作；

二是利用动员烟民教育烟民；

三是召开戒烟烟民家属会和烟民诉苦会、坦白会；

四是脱瘾烟民互相监督。

据不完全统计，贵州省从1950年至1951年两年中，共破获多起烟毒案，逮捕一批烟毒犯，缴获大量烟土、烟具。

　　仅 1951 年，铲除烟苗，封闭烟馆，戒烟工作就取得了很大成绩。一年逮捕烟毒犯千余名。其中判处死刑立即执行 2 名，判徒刑 4163 名，劳役 145 名，宣判无罪和教育释放 1599 名。

云南当众销毁毒品烟具

1950 年 12 月 29 日下午，云南昆明拓东运动场上空烈焰滚滚，火光冲天。运动场周围站满了身着各种民族服装的少数民族代表，他们满脸都是惊奇和惊叹的神色。

原来，这是云南省利用召开第一次各界人民代表大会的有利时机，当众销毁数月来查获的 11.12 万两鸦片及其烟具。

昆明市的这一行动，在全省引起了巨大反响，各地纷纷仿效。

大理县于 1951 年 4 月 14 日召开万人大会，当众焚毁缴获的鸦片、烟具等。

这些行动，表明了人民政府坚决禁绝鸦片烟毒的决心，受到全省各族各界人民的热烈拥护。

群众说："共产党同国民党禁烟截然不同，国民党的官见了洋烟，如同见了金银财宝，拽住不放。共产党烧大烟，是真正禁烟，这次禁烟一定能禁住了。"

云南地处西南边陲，解放初期的烟毒形势十分严峻。

1950 年初，国民党云南省主席卢汉率部起义，人民解放军进驻云南时，面临着接管政权，改造旧军队，建立人民政权，清剿土匪，恢复生产，安定社会秩序的复杂斗争。

西南直捣产烟基地

烟毒问题，与上述各项工作密切相关。

一方面，境内被推翻的反动阶级，利用手中掌握的鸦片，或纠集反动势力进行反革命暴动，或组织贩运毒品，扰乱经济，破坏生产。

另一方面，溃逃到云南境外缅甸、泰国的国民党残余部队，依附国境线以种植、贩运鸦片、烟毒维持生计，并入境破坏，有的则演变为武装贩毒集团。

盘踞在缅、泰的国民党特务机关，也以鸦片、烟毒作为诱饵，发展特务，窃取情报，不断向我境内进行渗透。

因此，云南的禁毒工作，既是铲除旧社会遗毒，拯救人民，安定社会秩序，恢复和发展生产的需要，也是政治上打击反革命残余势力，巩固人民政权，保卫祖国西南边疆，为顺利进行民主改革和社会主义改造扫清障碍的一场严重的政治斗争。

云南省根据 1950 年 2 月中央人民政府政务院发布的严禁烟毒的通令，以及同年 7 月，西南军政委员会颁布的禁绝鸦片烟毒的实施办法，于 1950 年 6 月 27 日、8 月 27 日和 12 月 13 日连续 3 次发布布告，厉行禁毒。

中共云南省委把禁毒斗争作为中心任务之一，成立禁烟委员会，制定出限期禁毒办法。

与此同时，各级公安机关依据禁令，取缔烟馆，惩治贩毒分子，对烟民进行登记，组织戒断。

1950 年 12 月 28 日，昆明市大张旗鼓地处决了解放前夕将鸦片从昆明贩往广州等地，解放后仍抗拒禁令，继续贩运鸦片到重庆等地的大毒贩郭怀安。

1951 年上半年，云南省基本铲除了烟苗，实现了部分禁种。

但是，禁毒与反禁毒的斗争仍然尖锐、复杂。少数反革命残余势力、敌对分子以及利欲熏心的贩毒分子，仍在暗中活动。

他们妖言惑众，说什么"禁烟只是一阵风，时间长不了，美国在朝鲜打起来了，留下大烟'国军'来了还可以发财。"

有的变换手法，采取各种伪装，继续贩运，仅昆明市 1950 年 8 月 21 日至 12 月 22 日 4 个月，被公安机关查获的毒品即达 6600 多两。

边远民族地区由于情况复杂，禁毒工作仅是正面宣传，尚未全面开展。

为了使禁烟禁毒深入下去，实现禁绝，1952 年，云南省禁烟委员会，根据《中华人民共和国惩治毒犯条例（草案）》，制定并公布了《云南省对毒犯处理标准》。

按照中央统一部署，云南在内的 73 个市县开展了声势浩大的群众性肃毒运动。在以禁种为重点的方针下，彻底清查、打击贩毒分子。

在机关、工厂、企事业单位，省政府也对隐藏在内部的贩毒分子进行了清查、处理。

仅据省级机关 21 个单位统计，即查出烟毒犯 596 名。

　　除此之外，戒吸工作也有较大进展，政府采取按年龄分期分批强制戒断的办法，使80%的烟民戒除了恶习。

　　肃毒运动对制止云南鸦片烟毒的流行，起了决定性的作用。截止1958年，云南再一次开展了群众性的肃毒缴烟工作，全省共收缴民间残留下来的存烟30多万两，搜捕了一批漏网的贩毒惯犯，戒断了一批烟民，在边境地区彻底实现了禁种，解决了旧中国从满清王朝到国民党统治时代百余年来，云南烟毒为患这一严重的社会问题，使全省各族人民走上了健康、幸福的道路。

三、中南杜绝烟毒流害

● 毒犯雷秀英说："政府政策不是好玩的，那是说到哪里，做到哪里。"

● 1951年6月3日，广州越秀山体育场人山人海，红旗飘扬，广州各界人士近万人在此举行声势浩大的禁烟禁毒大会。

● 烟民代表危超黎说："我们烟民只有在人民政府的领导下，才能得到新生。"

武汉集中对烟毒打歼灭战

1952 年 8 月 13 日晚，湖北武汉三镇警灯闪烁，警笛呼啸，街道码头到处戒备森严，高楼小屋不时有人犯被押上警车。

这是新成立的武汉市禁烟禁毒委员会对武汉辖区的吸毒贩毒分子实行的第一阶段的抓捕行动。

此次行动由武汉市副市长兼市公安总局局长朱涤新亲自坐镇指挥，市委抽调了 100 名干部充实禁毒办公室，组成 20 个执行、审讯小组，实行包查、包破案、包审、包结的四包负责制，具体执行逮捕、审讯及教育人犯、结案判决等工作。

全市参加此次行动的有 800 余人，按各区划分为 210 个行动小组，当晚共逮捕大犯、主犯、惯犯、现行犯 206 名，是破获的一起较大的案件，缴获一大批毒品、毒具。

然而，令禁毒委员会想不到的是，此次行动对毒犯的威慑力量并不大，各阶层几乎没有什么反映，毒犯虽有震动，但变化却不显著。

被逮捕的案犯中，有不少已经几进几出公安局，逮捕后满不在乎，因为以前武汉市处理毒犯采取的是"严查宽办"的方针，所以这次他们认为也不会对他们怎么样。

有人甚至公开说："杀不了我，吓吓傻子罢了。"

还有的人在审讯中百般抵赖、对抗，气焰十分嚣张。

大毒犯王觉悟被捕后不老实，只谈小不谈大，只谈远不谈近，拒不交出毒品。暂时未被捕的毒犯，则能躲就躲，能跑就跑。他们还互订盟约，对抗政府。

有的则转移、隐藏毒品及财产；有的威胁检举人，打击积极分子；有的毒犯躺在死人身上吸毒示威，意为不怕杀头，要吸毒。

这些情况说明严禁烟毒的斗争十分艰巨。

根据上述情况，武汉市委及市禁毒委员会决定，开始进行第二阶段打击毒犯的准备工作。

市委强调指示：

> 彻底禁烟禁毒的关键在于发动群众，依靠群众检举、揭发、监督、管制，就可以把烟毒禁绝。
>
> 要大张旗鼓地做禁烟禁毒的宣传工作，把烟毒害人民及贩毒与制毒罪犯的典型罪恶事实，通过各种会议，各个宣传机关，及时地在人民群众中进行深入、广泛的宣传，以提高群众对制毒犯与贩毒犯的仇视。

在这一时期，禁毒委员会广泛召开了各种代表会、群众大会、瘾民座谈会、毒犯家属座谈会、治安委员会议等，进行广泛的宣传、发动工作。

他们还把禁烟禁毒的意义、内容编成戏剧、快报、相声、采莲船、大鼓、秧歌等文艺形式，在街头巷尾巡回演出，有的区、街还组织访问队，挨家挨户进行宣传。

8月14日至16日，各区、街代表会、居民小组会按照市委审定的宣传提纲，组织讨论，表明政府禁毒的决心，扭转群众怕"严查宽办形成宽而不办"的思想顾虑。

同时，结合第一次行动逮捕的对象的具体罪恶材料，列举事实，说明烟毒流行的危害性。在此基础上交代政策，号召检举与悔过登记。

8月16日，市委宣传部主持召开全市万人大会，市委副书记张平化亲自作动员报告，并当场焚毁毒品。

各区也相继召开各种宣传动员会议。

江汉区在中山公园召开居民干部和积极分子参加的动员大会。

武昌区宣传发动面占全区人口总数的90%，基本上做到了家喻户晓。

江岸区各派出所召开大小会议约500余次，受教育群众达16万余人次。

在各区召开的各种动员会上，许多群众以及瘾民家属纷纷控诉旧社会的罪恶和烟毒带来的灾难。

汉阳区麻巷医生刘新甫沉痛地追述了自己吸毒造成的家庭悲剧，武昌白沙洲的胡太婆和三烈士街的谭福兰哭诉了因其父亲吸毒而致倾家荡产，逼使自己出卖为童养媳的经过；江岸区一女居民控诉大毒犯王清绪长期贩吸毒品，将她买来当佣人，后又逼她当妓女为王赚钱吸毒的罪恶事实。

经过广泛深入的宣传发动，不少群众积极行动起来，协助政府开展禁烟禁毒工作。

他们有的秘密跟踪毒犯，不分昼夜地向公安部门反映情况；有的不辞劳苦地找知情人了解毒犯的材料；有的积极宣传党的政策，教育争取毒犯亲属。

江岸区刘家庙居民郎幼梅听了报告会后，检举了其弟弟的吸毒行为；毒犯黄久臣的女儿在会上检举其父亲的贩毒罪行并动员其父亲交出了毒品；武昌区八铺街工人程绍传以及新河街的居民主动自费去汉口、汉阳、新洲等地查证毒犯事实；保安街治保委员马明厚经过大量工作，查出毒犯李润富制作假散装吗啡的贩毒事实；荆南街某妇女检举丈夫的吸毒行为，并促使其丈夫坦白交出毒品。

与此同时，公安部门加强审讯，追查线索，核实定案。各区公安分局局长亲自参与审问重大案犯，摸清案情，以指导审判工作。

在侦察与发动群众相结合的方针下，公安部门的侦察工作全面铺开。他们及时查对新线索，发现新案情，抓紧专案特别是集团案的侦察，狠狠打击毒品犯罪。

经过上述各项具体工作，到 8 月 25 日前后，第二阶段逮捕名单及材料全部上交至市禁烟禁毒委员会办公室。

8月29日，全市进行了第二次统一行动，共逮捕了制、贩、运毒品的大犯、主犯、惯犯和现行犯1123人。

9月9日下午，武汉市召开万余人参加的宣判大会。

公诉和宣判了20名烟毒犯，判处死刑立即执行者2名。

大会之后，毒犯们惊慌起来了。毒犯吕义善过去提审时，张口"没有"，闭口"没有"，这次表示要"重新考虑，彻底交代。"

毒犯们相互交头接耳地说："赶快交代，争取不死，否则很危险。"

毒犯刘继生在梦话中说："我有一次是150克吗啡，只谈了50克，不能算交代完。"

在大会结束的当天夜里，有124人主动交代问题，并交出吗啡4.7千克，鸦片50.6千克。

硚口区审判组一次就缴获现货鸦片510克，追查出新线索26件。其他各区亦均有罪犯交代和交出现货，从而打破了审讯工作中的僵持停滞状态。

未被捕毒犯也纷纷地说："瞒不住了，非登记不可。"

毒犯雷秀英说："政府政策不是好玩的，真是说到哪里，做到哪里。"

10月10日，仅云樵派出所就有20名毒犯主动坦白登记，超过前10天登记总人数。

在此基础上，各区进一步加强狱中政治攻势。

硚口分局局长亲自向在押毒犯作报告，动员他们坦白交代。还对逮捕人犯召开"宽严大会"，其中毒犯王秀元认罪态度好、主动交出毒品，当场宣布释放；而对拒不认罪的桂炳南、朱广启两犯，当场宣布严办，从而震动了毒犯及毒犯家属。会后有59人主动坦白交代。

江岸区召开公审大会，会上宣判了宽大和严惩的典型，不仅极大地鼓舞了广大人民群众的积极性，也使毒犯受到震慑。

毒犯李聚九说："过去我不管政策压，开会挤，是坚决不谈的。参加公判大会后，我才感到只有彻底交代才有出路。"他当即坦白交代了自己贩卖毒品的行为。

9月中旬以前，各区都召开了相应的公判大会。

群众高兴地说："空口说话不如现身说法，现身说法不如当场执法。"

从9月11日起至10月初，禁毒委员会开始追捕逃犯，歼灭残敌。

他们将审讯、侦察、检举、登记紧密结合，进一步挖毒根，追"现货"，并分期分批地打击处理所有被逮捕及登记的毒犯。

这一阶段缴获的毒品、毒具占整个运动所缴获的毒品毒具的90%。

为防止判刑的不公正，在运动后期，办案人员采取将毒犯材料与群众见面的办法，依靠群众鉴定材料和鉴别毒犯的坦白老实程度，通过群众清理积案。

9月30日，武汉市禁烟禁毒委员会又发出《关于集训工作的指示》。

将"在 1950 年 2 月以后犯有制造、运送、贩卖、介绍、窝藏、种植毒品等罪行"的毒犯，选择重点进行集训。

全市共成立了 27 个集训班。

集训过程中，他们严格遵循"严加惩治与改造教育相结合"的原则，认真甄别、审查，弄清毒情，挖掘毒根，追缴毒品毒具，强行戒除烟毒。

他们还选择典型召开宽严大会，对拒不坦白者宣布禁闭反省，直至逮捕。对彻底坦白交代有立功表现者，宣布免予处分，甚至先行"毕业"。

汉阳区在集训毒犯过程中，发动家属鼓励毒犯坦白交代，痛改前非，重新做人。

毒犯杜武祥之妻在给丈夫送饭时说："做毒犯的家属不光荣，如再不悔改就不送饭了。"使杜在集训中彻底坦白交代了自己的罪行。

毒犯康亮亭在集训中交代了埋在地下的 500 克黄金。参加集训的瘾民都决心戒烟，主动交出毒品和烟具，积极检举揭发，提供了许多新线索。

对瘾民，主要是加强改造教育，由群众监督，家属规劝，促使其彻底戒烟。

到 9 月底，基本上达到了"禁吸"的目的。硚口区有一个派出所曾试验性地将瘾民集中起来，与外界隔离进行学习，目的是看瘾民是否已经戒烟。

在运动中，共逮捕毒犯 1322 名，判处死刑 16 人。缴获大批吗啡、鸦片、醋酸、巴比通和其他的毒品制成品、药针、药水。

至此，全市制造、运送、贩卖、吸食烟毒的现象彻底根绝。

河南做好烟土上缴工作

1950年6月，在河南开封市县前街省物资管理局一座普通的仓库前，突然增设了两名荷枪实弹的解放军岗哨，另外，约有一个班的解放军士兵也从这个月开始，在仓库四周日夜警戒。

这里是来了什么重要人物，抑或是托管了什么重要物资，竟然需要军队日夜守护？路过此地的人看到这种情景，都会在心中暗暗嘀咕。

人们猜得不错，这里确实托管了一批不同寻常的物资。

原来，河南省自1950年在全省开展禁烟禁毒斗争工作以来，查收了大量鸦片烟土。

遵照上级指示，各地查收的烟土，由各专区、市统一上交省政府，由省物资管理局暂时负责管理，待达到一定的数量后，再由专人送往国家指定的制药厂生产药剂制品，治病救人。

省物资管理局为了管好各地送交的烟土，建立了一个专门管理班子，由清仓科科长、直属仓库主任、保卫股长负责，另配有保管员、会计等人记账，保管。

为了安全，省政府还请驻军配备了一个班的武装战士进行看守。

1951年5月，省物资管理局为了便于将收缴的烟土上交国家，曾将1.48万两烟土加以蒸馏、炮制和统一包装。

1952年，"三反"运动开始，有人提出，烟土在蒸馏、炮制过程中，须加入一定量的香油，吸收一定量的水分，因此，蒸制后的成品数量应该比以前多。

按照计算，这批烟土加工后应涨出840余两，而账面实物与计算的数字不符。由此断定这840余两烟土是被贪污了。

这个推断，引发了一场大规模的追查贪污烟土的斗争。

运动开始后，清仓科长、仓库主任、保卫股长、会计、保管员、汽车司机等10余人全都被当成嫌犯抓了起来，此案成为轰动一时的大案。

根据嫌犯的口供，毒品的盗卖涉及省农林厅、文教厅、省青委等单位的干部和开封、许昌、洛阳等地社会上贩毒吸毒的人。

因此，河南省于1952年4月16日成立了有关单位和公安厅20余人参加的毒品专案办公室，由省物资管理局主持工作的副局长楚毅任专案办公室主任。

经过一个多月的内查外调，毒品专案基本查清。原来，在烟土交接、加工的过程中，确实有个别人偷拿的情况，但数量不大，只有17两，已追回。

至于所谓的涨出840余两的说法则是两个原因造成

的，一是会计记错了一笔账，二是原来计算涨余的数字不准，如对风干等自然损耗就没有计算在内。

定案后，嫌犯都得到了公正的处理。

这个案件的一个意外收获是又查清了社会上数起吸毒贩毒的案件，以及政府少数官员的腐败行为，使河南省的禁烟禁毒斗争又深入了一步。

1952 年 7 月，河南省奉命上交最后一批烟土到国家。这项工作由省物资管理局陈钦恭和陈吉昌两人负责。

这批烟土经过粗加工包装后分装在小木箱里，每箱 400 两左右，共计 20 箱。

省物资管理局在开封车站将烟土装进了一个专用的车厢，然后由陈钦恭和陈吉昌两人守在车厢内看守。

火车到郑州站后停下编组，他们二人轮流下车吃饭，第二天到达石家庄，他们将这批烟土上缴到财政部石家庄总仓库，财政部委托石家庄信托商行办理验收交接手续，最后交给华北制药厂。至此，河南省物资管理局托管烟土的工作全部结束。

据 1950 年 8 月至 1952 年 1 月的收缴情况统计，河南各地和省直部分单位在这期间共送缴烟土 3 万两，海洛因 1964 两。

湘西截断烟毒流通渠道

湘西群山叠嶂，地势险要，是全国有名的匪患严重区域。

1949 年湘西解放后，人民政府结合剿匪、镇反、减租、反霸斗争，同时开展了禁烟禁毒行动。

但解放后的两年间，由于政府把主要精力放在清匪反霸方面，未开展大的、统一的禁烟禁毒行动，所以，这一地区的烟毒活动仍很猖獗。

1952 年 7 月，中共永顺地委、专署针对这一情况，发出《关于开展清毒运动的指示》。

8 月，湘西苗族自治州成立，辖区 10 县统一领导，统一部署，统一行动，以公安机关为主体，民政、卫生等部门参加，在重点地区开展了大规模的禁烟禁毒运动。

运动以禁制、禁运为主。自治州此举的目的是卡住烟毒"流通"的中间环节，使种的无销路，吸的无货源。

8 月中旬，区、县两级政府抽调 319 人组成工作组分赴重点地区调查摸底。

工作组在短期内就查明并登记烟毒犯 4564 人。这些毒犯按案件性质分为制造、贩运、零售等 6 类。

按烟毒数量又可分为小犯、中犯和大犯。

除此之外，还有万两以上的大犯 37 人。

8 月 20 日，全区调动警力，统一行动，分 3 批抓捕这些烟毒犯。

此次行动，共逮捕烟毒犯 913 人。万两以上的 37 人全部逮捕。

行动结束后，湘西政法部门立即对烟毒犯分别作出了处理。

此次运动重点打击了制造、贩运烟毒的犯罪分子。从根本上改变了烟毒泛滥的局面，刹住了烟毒蔓延之风。

1953 年，分散于农村的烟毒活动又死灰复燃。种、制、贩、吸烟毒现象再度出现。

1954 年一季度，龙山县民安镇开烟馆的数量与制造的人数增加。

至 6 月上旬，龙山县仅招头寨乡即发现吸食者减少速度慢，一些村民因吸大烟卖掉田产。

此外，大庸、保靖、古丈等县亦有烟毒犯活动情况。

1954 年 6 月，湘西苗族自治州公安处报请区政府和湖南省公安厅批准，决定在原永顺专署所辖的 6 县再开展一次"扫荡"烟毒的行动。以公安机关为主，在各级党委政府领导下，采取发动群众与专案侦查相结合的方法进行。

这次行动仍然从 8 月 20 日开始，历时一个月，于 9 月下旬结束。

行动中共收缴鸦片、吗啡上千斤。

同时，逮捕处理了一批烟毒犯。

湘西，尤其是有"乌金国"之称的龙山县，由于其特殊的社会历史条件，虽经两次集中打击，烟毒活动仍未彻底根绝。

　　1957年3月下旬，湘西苗族自治州公安局派出工作组赴龙山县对烟毒情况进行为期一个月的调查。

　　据对洗车镇和靛房、新生、内溪乡9个农业合作社的调查，发现藏大烟的农户，藏大烟数量惊人。

　　另外，这一地区还有烟馆多家。

　　除内溪农业合作社外，其余社镇贩运大烟，吸食大烟的现象还普遍存在。

　　根据这一严重情况。中共龙山县委决定，从1958年1月下旬开始，在全县范围内再次开展禁烟禁毒运动。

　　1月中旬，湘西土家族苗族自治州委，指派州中级人民法院院长、州公安局副局长，率州政法工作组赴龙山县协助工作，负责侦破、审批案件。

　　在4个月的时间里，他们分别在龙山县城和里耶、贾市设置了"戒烟所"，在逮捕案犯、收缴烟毒的同时，强行对毒犯进行戒烟戒毒工作。

　　截至5月31日，州政法工作组共逮捕烟毒犯181人（其中处决1人）。采取拘留，交群众斗争，集训，强行送"戒烟所"戒烟等措施。

　　收缴一定数量的鸦片、吗啡、烟种、枪支、子弹、黄金等。

　　这次"扫荡"结束后，湘西烟毒基本扫清。

　　为防止烟毒活动死灰复燃，将禁烟禁毒作为公安机关的一项经常性工作，纳入治安管理和刑事侦察业务之中。公安机关对制造、贩运烟毒者，一经发现，及时处理，保证了湘西这片秀丽的天空更加纯净。

广州公开禁毒焚烟

1951 年 6 月 3 日，广州越秀山体育场人山人海，红旗飘扬，广州各界人士近万人在此举行声势浩大的禁烟禁毒大会。

一百多年前的这一天，是林则徐为禁绝鸦片在虎门焚烧鸦片的日子。

为了扩大禁烟禁毒的宣传教育效果，使人民进一步认识到鸦片是百年来帝国主义毒害中国人民的工具，并使禁烟禁毒工作成为群众性的自觉运动，广州市特地选择在这一天举行禁烟禁毒大会。

参加大会的有已登记的烟民、戒烟所的烟民、烟民家属，还有各机关、各区及社会各界人士。

大会执行主席、广州市副市长梁广首先致词。

然后由广东省副主席李章达讲话。

当各位领导讲完禁烟禁毒的工作事宜后，正在戒烟所戒烟的烟民代表危超黎和烟民家属代表赵雪庄也神情激动地发表了讲话。

危超黎在讲话中说："我们烟民只有在人民政府的领导下，才能戒除烟瘾，才能得到新生。人民政府是我们的大恩人。今后我们不但要决心永远戒绝烟毒，而且要劝告所有吸烟的人都去戒，还要检举烟贩、烟档，以实际行动协助政府彻底消灭烟毒。"

赵雪庄在讲话中，首先代表全体烟民家属，感谢政府使他们的家属戒除了烟毒，恢复了家庭的温暖。然后讲述了她爱人谭闸戒烟的经过。

赵雪庄说："我心里真是说不出来的高兴，帝国主义明目张胆用烟毒来毒害我国人民，国民党反动派也成天喊话禁烟，其实是明禁暗开。只有人民政府才是真正禁烟，真正爱护人民。我们要坚决协助政府禁绝烟毒，用实际行动支援抗美援朝，打垮帝国主义侵略！"

随后，广州市人民法院副院长万思元当场宣布毒犯梁联等6人的罪状，并分别判处他们一年半至4年的劳动改造。

宣判完毕，李章达副主席走向广场中央缴获的毒品旁，用火把点燃了这些毒品。

此次焚烧的有烟土、烟膏、海洛因、红丸等毒品和一大批吸毒用具。

随着李章达手里的火炬点燃毒品，广场上顿时火焰冲天，烈火熊熊。

全场掌声雷动，一片欢腾。

会后，各界群众还举行了禁烟禁毒游行宣传活动。

这次会议，影响巨大。

两个月后，除广州市禁烟禁毒委员会举办的戒烟所已戒除了烟民的烟瘾外，在家自戒的烟民也达到了上千人之多。

到 1952 年 6 月 3 日止，广州各区已戒烟烟民达到了登记烟民的 90%，禁吸工作取得重大进展。

广州的禁毒禁烟工作取得这样大的进展，是当地干部群众艰辛的劳动换来的。

广州解放初期，面临的社会环境十分复杂，大量的残余反革命分子乘机捣乱，鸦片烟毒流行，地下烟馆遍布大街小巷，吸食、贩卖烟毒的情况十分普遍。

许多烟馆已成为反革命分子和盗匪的藏身落脚之地，严重影响着社会的稳定。

为巩固新生的人民政权，建立起人民政府的威信。广州市人民政府解放初期即厉行禁烟禁毒。

从 1949 年 10 月 22 日至 12 月 31 日，广州市公安局缴获大量烟具、烟枪、烟土，共破获烟毒案 408 起，捕获 1090 人。

但由于烟毒毒害广州已久，种烟、吸烟、运毒、制毒在表面上看不见了，暗地里却仍在进行，也就是从公开转入了地下。

1950 年，在广州市郊区仍有少数人种植鸦片烟苗，市内秘密烟馆也普遍存在，烟商仍猖狂走私。

1950 年 2 月，中央人民政府政务院通令全国禁烟禁毒。

5 月，中南军政委员会发布禁烟禁毒的布告和规定中南区禁烟禁毒实施办法。

9 月，内务部发出贯彻禁烟禁毒工作的指示。

10 月 1 日，广州市成立了禁烟禁毒委员会。

从此之后，广州市的禁烟禁毒工作才正式开始走上了正轨。

广州市禁烟禁毒委员会首先从禁种入手开展工作。

解放前，广州市郊区种烟面积约 200 亩。其中大部分为恶霸、地主、流氓所种。

解放初期，郊区人民政府配合驻军铲除了一部分烟苗，其余部分也有自动铲除者。

但当时由于宣传工作尚未深入，群众普遍对人民政府禁烟禁毒政策没有充分的认识，尤其是郊区尚未土改，农民未经充分发动。因此，还有一些恶霸及黑社会的流氓继续偷种。

1950 年秋季播种时期，市郊各区人民政府大力进行了禁种鸦片的宣传工作，印制了数千份布告、标语，广泛张贴。并普遍召开居民小组会，传达人民政府禁烟禁毒的政策和决心，提高了农民的觉悟，他们一致表示要协助人民政府肃清烟毒。

到 1950 年底，继续偷种鸦片的仅为极少数不法分子。

1950 年至 1951 年 3 月，市郊进行了轰轰烈烈的土改，彻底推翻了封建势力。

至 1951 年春，全市就完成了禁种的任务，开始转入以禁吸为中心。

1951 年 1 月 25 日，广州市公布《广州市禁烟禁毒实施暂行办法》。规定凡吸食、贩运、制售、私存鸦片或其他毒品者，于布告之日起40天内向各该管公安分局登记，并将毒品连同吸食、制造、贩运之用具如数缴出。

当时，烟民思想上普遍存在顾虑，如怕登记后被政府扣押，或以为登记了对面子不好看等等。

因此，从1月25日至2月25日一个月内，仅登记烟民925名。后来各公安分局及派出所深入宣传政府禁烟禁毒政策，并通过黑板报、大字报、群众会及烟民家属等方式规劝烟民进行登记。

珠江公安分局于1月25日至28日召集水上居民分头开会，进行宣传，并有市二中、知用中学等学校师生参加。

石牌、芳村等分局，结合土改宣传，发动治安组长、居民组长和积极分子鼓励烟民登记。

这让大部分烟民解除了思想顾虑，纷纷自动前来办理登记。

家住永汉区万福路清水巷两湖会馆的烟民黄炳，在该区公安派出所召开的烟民座谈会上说："过去曾几次立志戒烟，可是都戒不成，这次人民政府号召我们烟民登记，开过几次动员会、座谈会，政府工作人员教育了我们，人民政府对我们这样关心，这次非决心戒绝不可了。"

到3月初，由于仍有部分烟民未履行登记手续，经中南军政委员会批准，将登记期限改为60天。

据统计，全市从 1 月 25 日至 3 月 25 日，共登记了烟民 4762 名。

到 6 月初，仍有部分烟民未办理登记手续，市人民政府再将登记期限延期。

至结束登记时，全市前后登记烟民共 5715 人。

1951 年 3 月底，广州市的禁烟禁毒工作开始由登记烟民转入初步施戒阶段

施戒办法分为在家自戒、入指定医院施戒、入戒烟所施戒 3 种方式。

对于已登记的烟民，家境优裕的入指定医院或在家限期戒绝，生活贫困者入广州市禁烟禁毒委员会戒烟所免费施戒或减费医治。

戒烟药品由市卫生局统筹办理，收回药品成本或免费配给药品。

到 5 月下旬，在已登记的烟民中，多为在家自戒，其次入指定医院施戒，毒瘾大的入禁烟禁毒委员会戒烟所施戒。全市共售发了戒烟药品 15 万片以上，在戒烟所已戒烟的烟民逐渐增多。

5 月 16 日，禁烟禁毒委员会戒烟所举行欢送会，热烈欢送首批获得新生的"烟民"出所。

这批出所的"烟民"为感谢政府，特向戒烟所送上两面锦旗，写道：

黑海明灯

除我痛苦

广州市禁烟禁毒委员会戒烟所，于 1951 年 4 月 16 日开办，设在万福路高州会馆内，是一间拥有充分设备，可以容纳 500 多名病人的三层大楼。

戒烟所有各种戒烟药品和普通的药品，配备医生、护士、药剂师以及行政工作人员。

进入该所治疗的，大部分是免费的，即确无法解决生活，经禁烟禁毒委员会批准的，伙食费、药费一概不收。自费的也只收回伙食费及药费成本。

在施戒期中，戒烟所注意思想教育，帮助毒犯检查思想，并举行诉苦大会，使烟民认识到旧社会的罪恶，提高了思想觉悟。

在禁种、禁吸的同时，禁烟禁毒委员会结合各有关部门进一步进行禁贩运、禁售的工作。

广州市在反动统治时期，曾是华南和西南转运烟毒的中心，又是帝国主义国家输入鸦片的转运站，贩运及私售鸦片烟毒的现象相当严重，他们伪装成旅客或商人，用各种方式私运烟毒入境。

由于广州市过去对烟犯处罚过轻，致使有些烟犯敢于玩忽禁令，甚至变本加厉，扩大非法经营。

烟犯载成，原来只开了一个烟档，被政府扣押罚款释放后，为了"捞本"，反而多开了几个烟档。

这种情形引起群众强烈不满，纷纷要求政府严办烟犯。

政府接受人民意见，将烟犯按情节轻重，分别予以应得处分，并号召群众检举和监督，以贯彻执行禁烟禁毒法令。

由于行政力量与群众检举相结合，运售烟毒者有所减少。

从解放到 1952 年 6 月 3 日，全市共破获烟毒案多起，查处大批烟档、烟犯，缴获大量烟毒、烟具。戒瘾烟民达 4709 人。

1952 年 4 月 15 日，中央发出《关于肃清毒品流行的指示》，要求全国：

> 在"三反""五反"运动结束时，为彻底根绝鸦片这种旧社会的恶劣遗毒，在全国范围内有重点地大张旗鼓地发动一次群众性的运动，来一次集中的彻底的扫除，是十分需要的。

4 月 29 日，中南局发出《关于执行中央三反五反结束时开展一次肃清毒品流行的指示》。

5 月 13 日至 16 日，中南禁烟禁毒委员会召开会议，决定在全中南区开展群众性的禁烟禁毒运动。

5 月 21 日，政务院发布《查禁鸦片烟毒的通令》，号召：

各级人民政府应在"三反""五反"所造成的有利条件下，有重点地大张旗鼓地开展一个群众性的反毒运动，粉碎制毒、贩毒的犯罪分子及反革命分子的阴谋，以根除这种旧社会的恶劣遗毒。

因为广州市的毒情比较严重，所以中央确定广州市是全国禁烟禁毒工作的重点地区之一。

为贯彻中央关于严厉禁毒的指示，5月24日，广东省和广州市联合成立禁烟禁毒委员会，省、市又分别成立禁烟禁毒委员会。

广州市公安局在接到中南局对禁烟禁毒工作的指示后，即于6月5日组织禁烟禁毒专案工作组，全面搜集在"三反""五反"运动中暴露出来的及过去所掌握的烟毒材料，经过半个多月的搜查，初步摸清了广州市的烟毒情况。

广州市在"三反""五反"运动中查出一批毒案，引起了广州市委的高度重视。

据市委1952年6月13日的一份报告，全市查获走私鸦片出口的不法工商业户、走私海洛因的不法工商业户，走私吗啡的不法工商业户多家。

在省、市禁烟禁毒委员会的领导下，广州市又专门设立了禁烟禁毒指挥部，由市长、公安局长任正、副总指挥，统一领导全市的禁烟禁毒工作。并设办公室，由市民政局、公安局负责同志任正副主任，下分秘书、禁政、查缉、宣传、禁吸、保管等6个组。

由民政局、公安局、市委宣传部、卫生局等有关单位抽调干部组成，协助总指挥进行工作。

各区又设禁烟禁毒指挥所。

同时，市公安局组织了侦察队，侦察毒情，基本摸清了全市毒帮、毒网、毒团和一批毒贩的活动情况。

6月29日，广州市公安局制定了《执行禁烟禁毒工作方案》，初步定出了行动的步骤和时间。

8月7日，市公安局制定出《广州禁毒工作具体行动计划》。决定于8月12日24时开始，全市集中统一行动，严厉打击、逮捕证据确凿的案犯。

8月12日24时，广州市公安局按原定计划，出动大批警力，重拳出击，战果累累。表现在破案、捕人、缴获鸦片、吗啡、海洛因、毒具、证件、赃款等方面。

行动后，组织审讯队伍，进行10天的突击审讯，除已基本搞清案情外，扩大了线索几百件。

此后，市公安局又进行了两次集中统一行动，不给毒犯分子以任何喘息的机会，严厉打击毒犯。

至10月18日止，全市掌握了毒犯总数，已破案193起。

这些毒犯按性质分：贩毒、运毒、制毒、开烟档。

缴获的赃物有：烟土、烟膏、制毒膏、吗啡、吗啡料、吗啡糖片、吗啡针、海洛因、红丸、红丸制机、烟种、烟灰、毒具证件、制港币机、冲锋枪、手枪、子弹、雷管等。

另缴获黄金、戒指、手镯、金链、人民币、港币、美元、双毫银、金质手表等。

至此，广州市基本上肃清了鸦片的种植，毒品的制造及贩毒、吸毒现象。这在政治上不仅洗涤了旧社会遗留下来的污毒，拯救了为数众多的受毒所害的"烟民"，也消灭了一部分危险分子的产生来源，进一步巩固了社会治安和新生的人民政权，为大规模的经济建设扫除了部分障碍。

广西开展群众性禁毒运动

1950 年春，广西解放不久，广西省即开始着手禁烟禁毒工作。

1950 年 11 月，广西省颁布了《广西省禁烟禁毒实施办法》和《对匪占区少数民族种鸦片问题处理的指示》等禁绝烟毒的办法和措施，大张旗鼓地进行禁毒。

禁毒之初，政府首先进行深入细致的思想工作，组织大批干部宣讲党和政府关于禁毒的方针、政策以及禁毒的意义。

他们利用报告会、宣传员、宣传队等形式，以及销烟大会、民众控诉大会、公审大会、禁烟展览会等大型活动，竭力把政府的禁令，化为群众的自觉行动。

从 11 月份开始，全省陆续召开各种群众会及毒犯家属会，各地公安机关配合法院召开宣判大会，直接受教育的群众 182 万余人，占禁毒行动地区人口的 80% 以上。

广西是少数民族聚集区，政府对少数民族种、贩毒者，采取慎重的政策，有步骤地逐步禁除。

《广西省禁烟禁毒实施办法》明确规定：

应结合宣传民族政策，教育其自动铲除，改种农作物。如有个别专以种烟毒为生，铲除烟苗后严重影响其生活者，可酌情予以救济。

重犯者仍依法给予适当处分。

少数民族贩烟者除依法收缴毒品，禁止外运外，暂不逮捕，等运动后期教育改造。

这样既有严刑峻法，又有区别对待的做法，严厉打击了制毒贩毒者，争取了胁从、偶犯以及为数众多的吸毒烟民，充分体现了宽严结合，教育面大，打击面小的精神。

在禁毒教育政策的感召下，众多吸毒烟民纷纷戒除了恶习，走上了新生的道路。

1951年，全省处理制、贩毒人犯取得了初步的战果。

1952年下半年，广西又根据中央的统一部署，成立了以省人民政府副主席李任仁为主任，省公安厅厅长覃应机、省民政厅厅长黄钟坚为副主任的禁毒委员会。

各级人民政府均成立了以公安、民政部门为主，其他有关部门参加的禁毒委员会，具体实施禁毒。

各级禁毒委员会采取发动群众、统一行动、集中破案的方针，重点解决制毒、贩毒等重大专案。

他们根据烟毒犯罪活动的严重程度的不同，确定柳州、南宁、梧州三市，百色、靖西、金城江、龙州四县镇为省直接掌握的重点。桂林、北海市和全县、长安、三江、凭祥、钦州、东兴、玉林、芦圩、八步九县镇为专、市一级重点。荔浦、平乐、贵县、贡洲、防城、合浦、南丹、宜山八县镇为附点。

8月12日，全省统一行动，在5个市、64个县城、99个圩镇约200万人口的地区开展大规模的禁毒运动。

此次行动，公安机关侦破贩毒团伙案件113起，查出毒犯2.4万名。逮捕制毒、贩毒大犯、主犯、惯犯，缴获大烟、吗啡、海洛因、制毒原料、药品、制毒器械、各种烟具，以及武器、弹药、收发报机等物资。

到1952年底，历史上曾为烟土之过道，鸦片烟毒重灾区的广西，终于摆脱了鸦片的荼毒，成为新中国的又一个无毒区。

四、 华东掀起禁毒高潮

● 国际友人连连称赞："任何朝代都没能解决的问题，新中国却把它解决了。"

● 群众周老伯说："只有共产党领导下的新政府，才真正把烟毒连根拔掉了！"

● 8 月 12 日午夜，青岛市公安、民政等部门一起出动，一举逮捕 88 名烟毒犯。

上海开展禁毒综合治理

1950 年 6 月 1 日，上海市民政局院内，几位工作人员在一间不起眼的小屋前钉上了一块 5 个字的牌子"禁烟禁毒科"。

自此，上海市的禁烟禁毒工作拉开了序幕。

上海是旧中国制毒、贩毒、吸毒的中心地区，毒品泛滥问题由来已久。上海解放后，尽管接管工作，建立人民政权机构和恢复经济的任务十分繁重，但市委高度重视禁毒工作，并着手开始从根本上整治这一积弊已久的社会顽症。

1950 年 2 月 24 日，中央人民政府政务院颁布《关于严禁鸦片烟毒的通令》后，上海市民政局初步拟订了《上海市禁烟禁毒工作计划》《上海市禁烟禁毒暂行办法》《上海市禁烟禁毒委员会组织规程》《上海市禁烟禁毒登记规则》《上海市禁烟禁毒施戒调验规则》《上海市禁烟禁毒委员会戒烟所组织规则》《上海市禁烟禁毒宣传提纲》等 7 项草案，并于 6 月 1 日设立禁烟禁毒科，开始在全市范围内开展禁毒工作。

1951 年，按照中央的统一部署，全市的中心工作转入镇压反革命。因此禁毒工作的主观力量与客观条件均未具备，在此情况下，经市委同意，并呈中央内务部和华东军政委员会核准，此项工作暂不作普遍的开展，仍以调查研究和临时性的禁戒工作为主。

2月19日，市政府发布了《关于重申毒品买卖禁令的指示》，严禁一切毒品买卖行为。

1952年上半年，结合当时正在开展的"三反""五反"运动，上海的禁毒工作取得了一定成果。

据不完全统计，仅在邑庙、黄浦、提篮桥、嵩山、蓬莱、老闸、卢湾、闸北等8个区破获的贩、售、吸食烟毒案件就达363起。

6月28日，市委作出了《关于开展肃清毒品运动的准备工作的指示》，提出肃清毒品，首先应解决制毒贩毒问题，要采取严厉惩办与改造教育相结合的方针：

> 首先把吸毒的人与制、贩、运毒犯严格区分开来，对制、贩、运毒犯采取"小犯、从犯、偶犯从宽；大犯、主犯、惯犯从严；过去从宽，今后从严；坦白从宽，抗拒从严"的政策。
>
> 对大量制毒贩毒，一贯以制毒贩毒为业，集体制毒贩毒犯和解放至今仍继续从事制毒贩毒的现行犯应严厉打击惩办；对个别、少量贩卖，次要的、偶尔为之的，过去犯过现在已洗手不干的从宽处理。对罪恶重大，不愿悔改，拒不坦白的从严惩办；对彻底坦白，真诚悔改，检举立功的从轻处分。

市委的指示发出后，全市各有关部门立即进行了充分的准备工作，搜集整理材料，训练领导骨干及积极分子，交代政策和工作步骤、方法。

7月12日，根据中共中央《关于肃清毒品流行的指示》和公安部的部署，上海市成立肃清毒品委员会，副市长兼市公安局局长许建国兼任主任，市公安局副局长扬帆任副主任，由中共上海市委宣传部和法院、检察署、民政、卫生、总工会、妇联、青年团、铁路、海关等部门负责人组成委员会。

8月8日成立禁毒委员会总指挥部，下设办公室、群众动员部、宣传部、作战部、量刑处理部、登记部、检查巡视部。

各区亦在区委、区政府统一领导下成立区肃清毒品委员会，以公安分局为主，联合区各有关单位，从事宣传教育，发动群众检举和核对材料、配合侦捕等工作。

同时，市委还规定在中央未有统一指示前，市、区两级肃清毒品委员会不得对外擅自宣传与行动，在下布置工作时，应强调保密，以免打草惊蛇。

为了在禁毒运动中，能做到有的放矢，对各种不同类型的罪犯和涉毒人员进行针对性的处理，有关部门还确定了逮捕、管制、登记的分类标准。凡有下列情形之一者，予以逮捕法办：

1. 历史性大量制、贩毒犯有现行活动者。

2. 集体合资贩运之组织者和一贯以大量资金投入从事贩运者。

3. 一贯供给制毒原料、资金、工具或场所进行集体制毒，或制毒集团中的主要人员，如技师、股东等。

4. 内外互相勾结，利用国家机构及职务便利，进行制、贩、运毒活动者。

5. 无正当职业，或以职业为掩护，专事制贩毒品者。

6. 一贯大量介绍买卖毒品，以此为生者。

7. 一贯开设燕子窝供人吸食，屡教不改，并有现行猖狂活动者。

下列对象实施登记管制：

1. 小量自贩自运毒品以此为生者。

2. 一贯零星贩卖供人吸食者。

3. 经常小量介绍买卖毒品，从中取利者。

4. 一般制、贩毒犯在"五反"中虽已坦白，但不够彻底者。

5. 逮捕对象自动坦白投案，并有重大立功表现者。

华东掀起禁毒高潮

下列人员在进行登记、悔过过程中能检举揭发贩毒组织及上缴毒品烟具后可不予追究：

1. 偶尔或初次小量贩运毒品者。

2. 偶尔或初次包庇、窝藏毒犯或代存毒品者。

3. 历史毒犯无现行活动者。

4. 有正当职业，因吸毒而兼有小量贩卖者。

5. 为生活所迫，曾受人雇佣，临时帮助制造或转送毒品者。

6. 登记对象能自动坦白交代贩运组织及缴出毒品烟具，表示立功自赎者。

禁毒运动开始前夕，有关部门对全市铁路、水陆交通要道及户籍都加以严密控制，以防主犯漏网。

1952 年 8 月 4 日，华东公安部根据全国禁毒工作会议的内容，对华东地区的禁毒工作进行部署，计划分三期实施：

一是统一破案逮捕，突击审讯，扩大线索，查证材料，预定 7 天至 10 天；

二是宣传政策，发动群众检举，号召、督促毒犯坦白、登记、立功赎罪，约需半月至

20 天；

　　三是追捕漏网毒犯和进行处理结束工作，大致为半个月。

　　按照华东公安部的部署，上海市肃清毒品委员会成立行动指挥部，各区成立分区指挥部，由区委统一领导，并服从市肃清毒品委员会统一指挥。逮捕名单由市肃清毒品委员会审核批准。

　　从 8 月 13 日 2 时至 5 时，上海各级公安部门开展了大规模的集中行动，共捕获毒犯占批准逮捕数的 88%；传讯毒犯占批准传讯数的 74%。

　　为了积极发动群众，保证禁毒运动的顺利进行，市区两级政府和各有关部门展开了声势浩大的宣传活动，采取全面发动、重点深入、点面结合的方式进行。

　　全市召开各界人民代表会议，通过会议，传达和讨论禁毒运动的方针、政策，动员各党派、各阶层积极协助开展这一运动。各区抽调干部，经过短期培训后，组成了一支庞大的宣传员队伍。

　　各区在党委宣传部领导下，吸收工、青、妇等宣教部门，进行统一领导。各街道由办事处、派出所、妇联等机关干部组成宣传中队。各居委里弄成立宣传小队，由人民代表、妇女代表、宣传队员及其他群众积极分子组成，由上而下分级指挥，分段包干。

　　从 8 月到 10 月，全市举行各类宣传活动，受教育的人数达 250 万人以上，使每一个群众都深入了解毒品的危害和毒犯的罪恶行径。

在宣传方式上，除了禁毒政策宣传外，还结合小型座谈会、受害者控诉会、吸毒者会、吸毒者家属会、毒犯家属会、老年居民会以及组织各种群众性的文娱活动，让被害群众现身说法，通过真人真事，起到了较好的宣传效果。

此外，召开巡回审讯会和公审大会也是禁毒运动中一种行之有效的宣传手段。

9 月 17 日，上海市人民法院在虹口体育场召开公审毒犯大会，2 万余群众参加。

在这次大会上，法院依法判处毒犯死刑 4 人，死缓 1 人，对投案自首、检举立功的毒犯 20 人当场释放。

各区也组织联合公审大会，巡回审讯，在这些审讯会上通过对毒犯的不同处理，鼓舞了广大群众参加禁毒运动的积极性，也起到了震慑其他毒犯的作用。

在各部门的通力合作和强大的宣传攻势下，全市共查处制、贩、运毒犯 1.37 万人，其中判刑 2483 人，经集训和传讯教育后交群众监督者 1.12 万人；查获鸦片 1180 千克，海洛因 245 千克，没收销毁制造、吸食烟毒的工具 6329 件。

同时，对于登记的吸毒者，经过教育规劝，限期 1 年自动戒绝。多数人在家中戒绝；少数烟瘾重、年老有病者，则到指定的 30 家医院帮助戒毒，并免费提供戒毒药品。

市政府还拨款，作为戒毒医疗费和烟民生活困难补助费。

这场禁毒运动基本上根治了上海的毒害。1953 年，上海的烟毒案件只有 53 起，1954 年仅为 8 起，此后 20 多年中上海没有发生过一起涉毒案件，成为了一个名副其实的无毒城市。

有位 70 多岁的周老伯感叹道："从清朝到租界时代，从日伪到国民党统治时期，天天喊禁烟，却越禁越多。只有共产党领导下的人民政府，才真正把这祸国殃民的烟毒连根拔掉了！"

许多国际友人了解这一事实后连连称赞："这是任何朝代、任何国家都没能解决的社会问题，中国人却把它彻底解决了，你们创造了人间奇迹！"

南京大力缉捕烟毒要犯

1950 年春，南京古城城门口。站岗的解放军哨兵正在警惕地注视着进出城门的人们。

突然，哨兵发现一个面黄肌瘦的人鬼鬼祟祟地欲进又止地站在那里。

哨兵立即招呼他："你过来一下。"

那人迟疑了一下，走了过来。

哨兵指了一下他背的褡裢："里面装的什么?"

那人说："没，没什么。一点旧衣服。"

哨兵说："打开看看。"

那人打开一看，果然是一些旧衣服。

哨兵抓起衣服一抖，一个小包掉落在地上。

哨兵厉声问："这是什么?"

那人见势不妙，拔腿就跑。另一个哨兵早就注视着他们的一举一动，他一见这人要跑，奔过去一个扫堂腿将他绊倒在地。

哨兵制服那人后，打开布包一看，发现里面装的是鸦片。

南京解放后，残留或潜伏的国民党军政警宪特人员及反动会道门头子、地痞流氓等，利用社会尚不安定的局面，疯狂从事制贩毒品活动，以获取特务经费并扰乱社会秩序。

1950 年 2 月 24 日，中央人民政府政务院发布《关于严禁鸦片烟毒的通令》后，南京市当即责成市公安局代拟了《南京市人民政府查禁烟毒办法》。

此《南京市人民政府查禁烟毒办法》为 14 条，其中第 3 条要求：

> 制造、贩运、种植、贮藏或设所供人吸食注射烟毒者，一律自本办法公布之日起，立即停止活动，并限于一个月内向各该管区公安分局报告登记，缴出所有毒品毒具。

这一条例，在停止活动和登记时间上给予了明确规定，作了时间的限定和地点上的规定，表示政府的禁毒决心和对毒贩的强硬要求。

同时，南京市军事管制委员会还于各城门要道口设置治安检查站。

4 月，军事管制委员会通过在检查站盘查可疑行人，查获号称南京毒犯"四大金刚"之一的项福如伙同其弟项福禄等人贩毒大案。

项福如从日伪时期就是贩毒专业户，安徽省滁县多家鸦片烟馆和南京门西一带毒贩都长期从他手中批发毒品，解放后，他依然我行我素，破案时，从他家中起获大量毒品及贩毒工具。

1952年5月21日，政务院发布《查禁鸦片烟毒的通令》。

7月30日，中央批准了公安部《关于开展全国规模的禁毒运动的报告》。

8月10日，公安部一声令下，全国禁毒重点地方和重点部门同时大规模地搜查缉捕毒品案犯，毒犯们纷纷落入法网，全国查出毒贩近37万人，逮捕8.2万人。南京市到8月底也迅速逮捕了现行犯360余名。

9月，市长柯庆施签发通令，要求结合政务院通令和南京市查禁办法，认真迅速地实施禁毒计划，并具体提出了意见：

大力宣传，发动群众开展一切群众性的自觉禁毒运动。

在禁种、禁运、禁销、禁吸上再次强调了政府肃清烟毒的决心。

要求以公安机关为主开展禁毒，并上报工作中的问题和经验。

9月底，南京市公安机关乘胜追击，又抓捕惯犯、现行犯、假登记不坦白的顽固犯；同时组织已登记的毒贩受训，进行集中教育。

人民法院在9月份还召开全市性公开宣判大会，判决了3名大毒犯死刑，立即执行；各区也分别召开宣判大会，判处一批中小毒犯有期徒刑。

宣判会后，政府继续进行强大的宣传和动员，出动宣传车，进行街头巡游广播；运用小戏剧、展览、快板、相声等多种形式进行生动活泼的宣传。

通过这一系列的活动，广大群众被充分发动起来，他们纷纷提供线索，公安机关大量收到检举信及接待口头检举人员。

下关区有一个群众察觉毒犯陈关涛欲逃跑，迅速跟踪监视并向公安机关报告，最终使其在临上列车前被公安机关擒获。

一些毒贩的家属的立场也开始变化，他们主动交出家中藏匿的毒品毒具，表示了自己的戒毒决心。

9月底，在"过街老鼠，人人喊打"的气氛中，南京共有5000人前去公安机关登记。

经审核，其中合乎登记条件的占全市已知毒贩总数的82.3%。

此后，公安机关将缴毒重点放在毒品囤户、大犯、惯犯、有较多毒品来源而去向不明的人员身上。不久，破获张氏贩毒一案，一次就缴毒大量鸦片。

10月，南京市继续追缴毒品。市人民法院又召开第二次宣判大会，处决5名大毒犯，进一步震慑顽抗分子。

为了彻底割除毒瘤，南京市在禁毒运动末期还开展了戒毒工作。

至1952年下半年，南京仍有吸毒者千余人。依据中央关于"政府管理，群众监督，集中或分散进行戒除，年老体弱者暂缓"的精神，市禁毒指挥部制定了戒毒计划，设立了戒烟所，负责统一配发戒烟药。

起初，不少烟民怕被处理，因此而失业，不敢承认吸毒或去领药。

各级组织进行了大量细致的帮教工作，并让戒毒成功者现身说法，终于打消了他们的顾虑。

后经过检查，需强制戒毒的人中，政府除对其中有流氓行为的、无业人员、毒病严重的人进行集中戒除，对其他人采取了公安机关督促管理、卫生部门发药的分散戒毒方式；对绝大多数吸毒者则实行了"烟民自戒为主"的方式，结果很快全面戒绝。

截止 1952 年底，南京大禁毒画上了圆满的句号！

安徽逮捕制贩运毒犯

新中国成立初期，安徽的禁毒形势十分严峻。

1952 年 8 月，安徽全省尚有毒品制、贩运集团存在，有烟毒主犯、从犯、单独从事贩毒活动的人，烟馆几百家。

安徽省毒品贩运路线，一般由阜阳、宿县、永城向北运往徐州，折向西至商丘、开封、郑州，直至西安、宝鸡、成都；向南沿津浦、淮南两铁路线运往上海、南京、芜湖等地。有的由芜湖运往屯溪、浮梁。

此外，徽州地区所销之少量烟土有一部分是由浙江而来。

蚌埠是津浦、淮南两铁路线的交叉点，芜湖是水陆交通要道，因此芜湖、蚌埠两地成了安徽省南北毒品的集散点。

1952 年，芜湖市发现以周其幅为首的湖北帮贩毒集团，勾结长江轮船上的船员贩运鸦片。还有安庆帮运用单帮贩运的方法贩毒的数量也很大。另外，亳县一带也有毒贩因贩毒而成了暴发户。

其实，安徽刚一解放，各地人民政府就开始对毒犯进行严厉打击。

1950 年 2 月，阜阳县政府布告全县禁烟。8 月，成立肃毒办公室。10 月，全县开展肃毒。

但由于解放初期安徽境内的复杂形势和毒犯的猖狂心态，导致毒品屡禁不止。

1952 年 7 月，全国禁毒工作会议召开后，安徽省积极响应禁毒会议精神，确定打击的重点是：

集体、大量的制、贩、运毒主犯、惯犯、现行犯，具有反革命分子身份的毒犯和流氓、地痞、国民党军警宪身份的毒犯，以及严重违纪的国家工作人员。

并决定：

> 凡 1951 年 1 月以前确已洗手不干的毒犯，一律从宽处理；
>
> 1951 年 2 月以后继续进行制、贩、运毒品活动者，计算其违法数字时，得追查至 1950 年 2 月 24 日政务院公布禁毒令之日止。
>
> 对于少数罪大恶极，非杀不足以平民愤的毒犯，处以死刑。

此前，安徽省已于 1952 年 6 月 4 日确定运动以蚌埠、合肥、芜湖、淮南、滁县、安庆、屯溪、亳县、界首、阜阳、宿县、固镇、临涣为重点，以明光、六安、正阳关、巢县、大通为次点，制定实施禁毒方案。

6 月 23 日，为了统一领导全省禁毒，安徽成立了省禁毒委员会。委员有苏毅然、孙仲德、陈元良、李浩然、许章法、于海东、李临川、周子荫、黄平、李士怀、章嘉乐、邢浩、沈兰村、黄建中14人。

苏毅然为主任委员，邢浩、沈兰村为正副秘书长。

各地均于6月间成立指挥部，领导当地禁毒运动。

全国禁毒工作会议后，皖南、皖北行署公安局，1952年8月更名为安徽省人民政府公安厅，于1952年8月6日至7日，召开全省地市公安局局长、处长、科长会议，部署在全省开展禁毒运动。

9日，中共安徽省委宣传部召开地、市委宣传部长、科长及重点县县委宣传干事会议，布置禁毒运动中的宣传工作。

12日，中共安徽省委批转了省公安厅《禁毒运动的行动计划》。

全省各地根据该计划的规定，开始了声势浩大的禁毒运动。

按运动计划，安徽省各重点市、县一律于8月13日拂晓前将应该逮捕的主要烟毒案犯全部逮捕。

犯人捕后进行身体检查，并责令交出所存之毒品、毒具及有关制毒、贩运罪证等。

公安部门对毒犯的住所及隐藏毒品、毒具的场所进行仔细地搜查，查出上述物品当即予以没收。

行动后由纪律检查组检查行动中的纪律执行和宣传工作情况。行动时还有当地街道干部配合。

人犯被逮捕后，立即组织力量突击审讯，着重收集材料，对证案情，扩大线索。

对专案采取包查、包审、包结的办法。

与此同时，各地政府还召开群众会议、尚未逮捕的毒犯会议、已捕毒犯的家属会议、烟民会议等，宣传禁毒意义。

强调坦白从宽、抗拒从严的政策，号召他们检举毒犯，交出毒品、毒具，彻底坦白，立功赎罪。

一般的毒犯坦白易，缴毒难，大犯缴毒尤难。他们称毒品为乌金，视毒品如生命，同时认为毒品是罪证。

他们有人说："杀头也不缴毒。"

有人说："宁可缴金银，也不缴毒品。"

公安干警采取侦审合一的方法，运用缴毒示范，缴毒大会，对缴毒者从轻处理，拒不缴毒者当众逮捕或从严判罪等方式迫使部分大犯缴毒。

这一阶段全省各地还普遍召开了一次各界代表会议或扩大的政协座谈会，着重布置发动检举工作。

从 8 月 21 日开始，公安部门将只需判处轻刑的、材料不足的重大嫌疑分子及其他需要集中管训的分子集中起来进行管训。

同时，各地还强化禁毒的社会宣传工作。如安庆市就出动报告员，巡回作报告，宣传禁毒政策和意义。

此外，还有街头化装表演、押解毒犯游行、土广播、宣传站、家庭访问等宣传形式。使受教育的群众达 158.3 万多人。

这些举措使禁毒政策和意义家喻户晓、深入人心。

公安部门还设置了人民信箱，号召群众举报吸、贩、运毒行为，把禁毒运动变成了群众性的运动。

在这一时期，各地还召开公审公判大会。

按照毒犯罪行的大小，做到有杀、有关、有管、有放，以全面体现党的政策。

对不需法办的一般毒犯，以派出所或公安分局为单位，普遍进行传讯，向他们讲明政策，指出利害和前途，号召他们检举别人，将功赎罪。

传讯中，干警们根据毒犯的思想动态，及时予以教育启发，使其主动交代罪行。

关于集训、传讯及审讯犯人，均要求他们做到以下几点：

交出存毒、毒具。

交代毒品的来龙去脉。

交代毒犯关系。

交代制、贩、运毒品的时间、数量及方法。

在这一阶段，除根据新的线索进行侦破外，对继续抗拒运动，拒不坦白认罪或情节严重的分子又逮捕了一批，以促使其他罪犯彻底坦白。

从 9 月 10 日开始，公安机关开始搜捕漏网的毒犯和处理案犯，至年底全面结束。

　　整个禁毒行动，全省共逮捕制、贩、运毒犯 1505
名；集训、传讯、登记、管制一批；缴获大量烟土、副
品、烟具；收缴非法所得黄金、银元、元宝、人民币、
步枪等。

　　至此，安徽全省所有烟馆全部摧毁，制、贩、运毒
犯受到致命打击，烟毒在全省基本禁绝。

青岛从快扫除烟毒贻害

1952 年 8 月 12 日午夜，青岛市公安、民政、卫生、文教、妇联、工会、铁路和港务等部门一起出动，一举逮捕烟毒犯，缴获了大量的烟土、海洛因、黄金、银元、美钞、人民币及毒品毒具。

这次行动是解放后青岛政府对毒犯的一次集中打击。

早在解放初期，青岛就开展了一系列的禁毒工作，但由于旧社会烟毒在群众中流行甚广，迫害甚深，少数烟毒犯又互相勾结，不断偷运，所以，烟毒在青岛依然存在。

为彻底肃清烟毒危害，1952 年 8 月 4 日，山东省肃毒办公室下发了《关于贯彻开展全省禁毒运动的决定》。

青岛市为全面贯彻中央和省的统一部署，立即开始了运动的准备工作。

8 月 12 日，青岛市委批准了市公安局草拟的《青岛市贯彻中央禁毒指示和省决定的具体执行计划及办法》。

同时由公安、民政、卫生、文教、市委宣传部、妇联、工会、铁路、港务等部门共同成立了"青岛市禁毒委员会"。

公安局局长周鸿恩及民政、卫生局的局长分别担任正、副主任委员。委员会下设办公室。

为了在运动中稳、准、狠地打击烟毒犯罪分子，市公安局进行了调查、排查工作，初步掌握了烟毒犯罪分子的情况，为禁毒运动提供了打击处理对象。

准备工作完成之后，按照省肃毒办公室规定的统一时间，12日午夜青岛市果断采取了抓捕行动。

随后，禁毒委员会组织人员对毒犯进行了突击审讯；继而又获取了烟毒新线索，为下个阶段的侦察破案做了准备。

8月20日，市委宣传部专门召开了各党委、区委宣传部、工、青、妇的党员干部、公安分局宣传干部以及报社、电台、文联、工商联、友协、文教、卫生部门的党员、宣传干部共400余人的会议，市公安局局长周鸿恩作了开展禁毒运动的动员报告，市委宣传部就开展禁毒宣传工作进行了部署，并印发了禁毒宣传提纲。

会后各部门、各单位分别召开了有关干部会议进行传达动员，制定了本部门、本单位的宣传工作计划。

8月21日后，全市掀起了声势浩大的禁毒宣传活动。

各区政府一方面在居民聚集的街道、场所设立了若干个宣传点，组织宣传人员携带宣传器材，反复向群众宣传禁毒的意义，揭露日伪蒋相互勾结，毒化社会，贻害人民的罪恶，控诉烟毒犯的罪行，号召烟毒犯坦白悔改，交出毒品，检举立功。

另一方面，各区以街道及居民院落为单位，层层召开群众大会进行宣传发动，召集吸毒分子及贩毒分子的家属开会，向他们说明政策，打消他们的各种顾虑，号召他们起来检举揭发烟毒犯。

各区政府还组织各街道的治保会、群众读报组、人代会及其他组织深入大街小巷，挨门挨户地进行禁毒宣传。

各工厂、企业结合职工政治教育，采取上课的形式向职工进行禁毒教育。

文化部门组织开展了形式多样、生动形象的宣传活动。

市文联文工团专门组成宣传队，编排了反映禁毒内容的河南坠子、相声等文艺节目，在街头为群众演出。

市公安局派出车辆，把一部分逮捕的烟毒犯作为反面教员，拉到各区用现身说法教育群众。

在强大的攻势下，烟毒犯大部分开始动摇瓦解，有的主动或者在家属的引领下到公安机关坦白自首，交出毒品、毒具。一些吸食毒品的人也主动申请戒毒，并向公安机关提供检举材料。

中山路 27 号中西药房经理黄子明，听到宣传后，到派出所主动坦白交代了曾制造并贩卖吗啡针的事实，并交出了近千支吗啡针。

9 月 13 日，为了进一步教育群众，震慑烟毒犯，市禁毒委员会在市第三公园召开公判大会，对制造、贩过烟毒的主犯、惯犯进行了公开宣判。

大毒犯李春森，36 岁，解放前就以贩卖烟毒为业，解放后，他仍继续勾结烟毒犯进行贩毒活动。

1949 年 12 月至 1951 年，李犯以货物捎带和人身携带等手段，从青岛至安东，先后输运烟土，其影响恶劣，民愤极大，根据他的罪行，人民法院判处他极刑，立即执行。

除此之外，法院还分别判处毒犯有期徒刑，毒犯管制，并当场释放有重大立功行为的毒犯。

公开宣判大会不仅震慑了烟毒犯，而且有力地鼓舞了广大人民群众同烟毒犯斗争的勇气和积极性。

会后，许多群众纷纷向公安机关投寄检举材料。一些未登记或坦白不彻底的烟毒犯也主动到派出所进行登记或者补充坦白交代，并交出了匿藏的毒品、毒具。

10 月上旬，禁毒工作进入全面处理阶段。对于运动中被查获或坦白登记的烟毒犯，市公安、检察、法院遵照中央规定的"严加惩办与改造教育相结合的方针和实行打击惩办少数，教育改造多数的政策"，分别进行了审判和其他处理，从而达到了肃清首恶，争取改造胁从和教育群众的目的。

青岛市禁毒运动从 1952 年 8 月开始至 10 月结束，短短三个月，彻底扫除了流行于青岛几十年的烟毒贻害，并受到社会各界的高度赞扬。

五、 华北坚决打击贩毒

● 公安部来电批示:"按天津 2100 多名毒犯来
  说,捕人应不少于 400 名。"

● 王笑一还宣布有 5 名毒犯当场教育释放。

● 1950 年 3 月,内蒙古地区的严寒渐渐退去,
  千里大草原萌生了一片绿茵茵的春色。

天津发动禁毒群众斗争

1952 年 4 月 15 日，中共中央发出《关于肃清毒品流行的指示》后，天津市立即开始了紧张的准备工作。

8 月 7 日，天津市公安局将经反复修改的禁毒计划电报公安部。

同月，公安部来电批示：

> 按天津 2100 多名毒犯（内有 600 名现行犯）来说，捕人应不少于 400 名，望以此精神加以修改。

8 月 10 日 2 时，天津公安局根据公安部对天津的指示精神，在重新审查逮捕毒犯名单和检查准备工作的基础上，开始了第一次集中逮捕毒犯的统一行动。

整个逮捕工作进行顺利，没有发生违法乱纪及拒捕现象。执行任务的干警依法行事，严守纪律，认真填写每一张《拘捕案犯经过报告》和《执行检查经过报告》。

在执行逮捕时，有些毒犯表现得恐惧惊慌。大毒犯运大中、朱如海、王泽洁等在被逮捕时吓得全身发抖，有反动身份的毒犯当场承认罪有应得。

10 时，抓捕行动胜利结束，共捕获毒犯 145 名。

此次行动由于准备时间较长，不少毒犯有销毁或转移、匿藏毒品的时间，因而查获毒品甚微。

10日当天，各区根据市委的部署，由区长、公安分局长亲自主持召开街道群众大会。并组织派出所长、区级科长、主要科员等骨干力量和几十个宣传队分头召开街道群众会和深入工商界进行宣传。

11日晚，天津市公安局局长万晓塘主持召开各分局长及市局主要负责干部会议，着重布置了突击审讯和专案侦察工作。

万局长说，在审讯中查明坦白较好，有控制条件，有使用价值的毒犯，可暂为假释，使其戴罪立功，配合专案侦察。

万局长还要求各分局积极准备第二期逮捕名单，搜集隐匿的毒品毒具。

这次会议后，各分局长亲自动手，抓紧了对此项工作的领导。分局长亲自审讯犯人，具体研究案情，具体指导审讯方法。

经过11日至14日的突击审讯，初步打消了毒犯的对抗情绪，各分局的案情均有不同程度的发展。一批毒犯开始交代新问题。

市局直属审讯组在两天时间内，就从24名人犯中，追查出毒犯99名。

17日，中共中央华北局发出电报指示，要求华北各地要协力侦破毒案，要注意发现以毒品为掩护的政治案犯（特务、间谍等方面的敌人）。遵照华北局指示，天津公安局继续深入开展查破毒品犯罪案件。

18日，各区根据本区特点，在毒犯分布的重点地区，召开街道群众大会，有的区还组织两至三个宣传队，在工商界、工厂及重点地区的街道开展宣传。

市公安局再次组织了宣传卡车，配备有宣传特长的百余名干部，以快板、相声、小调、小唱、简短明确通俗的讲话等形式，有组织有计划地开展街头宣传。

通过这些形式的宣传，群众纷纷称赞说：

"政府开展这个运动太对了，这真是改革社会，治病救人！"

"社会流毒也只有共产党才能治得好！"

"这比枪炮打咱还厉害，中国要不严禁烟毒，就永远富强不了。"

宣传工作的深入，掀起了群众性的揭发检举热潮。至8月26日，群众检举制、贩、运毒犯材料达6000余件，其中1950年2月24日中央禁毒令后仍有活动的线索就有2100多个。

一些吸毒者的情绪由恐慌转为安定，有的主动谈出个人吸毒情况，有的主动检举罪犯。

十分局在一次吸毒者座谈会上，检举了多起案犯线索。八分局在吸毒者的集中学习中，3天内写了检举材料几百件。在强大的政治攻势面前，又有一批毒犯向公安分局派出所进行了初步登记。

31 日，天津市禁毒运动第一阶段结束。共逮捕大犯、主犯、惯犯、现行犯 190 人。群众检举毒犯线索 5000 多件；吸毒瘾民及社会上的被管制分子检举毒犯材料 800 余件。一般毒犯在运动的压力下已主动登记，并坦白其同犯罪行。在押毒犯被突破后，供出毒犯线索材料。发动监狱在押犯坦白检举毒犯。

这一阶段，查缴出烟土、烟膏、烟灰、吗啡、依达水、无水醋酸、制毒压力机、制毒工具、其他制毒原料多种。9 月 3 日，在反复审查逮捕名单的基础上，天津公安局开始执行第二批逮捕毒犯任务，共捕获大犯、惯犯、主犯 301 名。

5 日晚，八区召开万人大会，有意地让毒犯和吸毒瘾民参加。大会把第二批逮捕的毒犯当场示众，宣传他们危害人民，抗拒运动，拒不登记、搞假坦白的罪行。

对经过审查确实坦白彻底的毒犯，让其当场低头认罪，宣布不给予法律制裁。

会上，一些烟毒受害者作了内容充分、语言生动的控诉。

在群情激愤、高呼口号之际，积极分子当场动员毒犯交代问题。大会上宣布登记者可先挂号，会后交代。八区在大会上，当场挂号登记的毒犯数比该区 20 多天的登记总数超过一倍多。十区在大会上有很多毒犯当场自动坦白。

9 月 8 日，根据中央 8 月 29 日批准罗瑞卿《关于召开公审毒犯判处死刑的报告》的指示精神，天津召开全市性的公审毒犯大会，与会者达 4.2 万人。

大会首先由吴德副市长讲话，表明政府禁毒决心，全面交代政策，号召市民积极检举毒犯，警告毒犯登记悔过是唯一出路。

市政协秘书长谭志清、工商联代表王光英、工人代表王福元、妇女模范张大娘先后发言，表示坚决拥护和响应政府号召，彻底肃清烟毒。

市军管会军法处处长王笑一最后宣判：

> 判处刘树仁等 3 名大毒犯死刑，立即执行；判处毒犯方向阴死刑，缓期二年执行；判处郭龙文等二犯无期徒刑；判处张容真等二犯释放管制……

大会宣判全面体现了党的政策，会场上群情激奋、掌声雷动。参加会议的毒犯受到极大震慑，有的惊惶战栗，有的起坐不安，有的低头遮脸。

会议结束后，与会群众一致认为痛快、解气，表示要坚决协助政府彻底检举毒犯，从当日下午至次日，仅一天半的时间，市民群众的检举材料就达 3081 件，不少烟民表示决心戒毒，毒犯也开始动摇，伙犯则分化瓦解，互相检举。

毒犯刘世杰会后把匿藏的烟土主动交到派出所，已被判刑的陈志杰又坦白出家中存有海洛因；毒犯林宝书当即检举了其他运毒、制毒犯；已登记的毒犯张儒庭，当日2时跑到派出所补充材料，提供线索。

在一天半的时间里，公安局新登记毒犯186名，已登记的毒犯因坦白不彻底补充了材料，有的毒犯又交出烟土、料面、制毒原料、烟灰、毒具等。

会后，公安局还组织被释放的毒犯与在押毒犯的辞行活动，促使在押毒犯纷纷要求提审，重新坦白。

9月20日，天津市禁毒运动达到高潮，10天内，市局及各分局从侦察、审讯、登记、集训、群众检举等工作中，挖出抗拒运动、拒不坦白的毒犯，连同以前捕的，共捕获609名。十分局追出烟土，八分局追出手枪、子弹。

9月20日以后，天津市的禁毒运动进入第三阶段。此阶段主要是深入追查毒品，巩固成果，处理案犯，处理毒品、毒具，总结工作。

23日，天津对毒犯进行集训。公安局各级机关本着"有线必追，穷追到底"的精神，又收缴烟土、烟毒、吗啡、烟灰、醋酸等一大批。

与此同时又续捕了少数漏网的毒犯。截止25日，运动基本结束。

11月5日，天津公安局向中央公安部、华北公安局、天津市委写出《禁毒运动总结报告》：

……运动中，共缴获烟土 5914 两，烟膏 471.6 两，烟灰 235.8 两，料面 494.8 两，海洛因 82.4 两，醋酸 22.3 两，吗啡 655 针，制毒原料 10 余两，制毒机 6 架。其他制毒、吸毒用具 4230 件。还缴获制贩毒品的赃款 244.83 万元，黄金 157.17 两，银元 209 枚，以及手枪 8 支，瓦斯枪 1 支，子弹 6000 余颗。

《禁毒运动总结报告》最后说，经过此次运动大力搜查，毒犯已基本肃清；……而且，毒犯的罪行已在群众中普遍引起痛恨，从而为今后禁绝毒品工作打下了坚实的基础。

河北用法律武器开展禁毒运动

河北是我国近代历史上受烟毒危害最严重的省份之一。新中国成立后，河北省开展了声势浩大的禁烟禁毒斗争。

肃毒工作一开始，河北省就对有关的干部人员进行了认真、严格的训练，要求他们在执法时严格遵守中央禁毒会议上确定的各项政策和规定。

省政府对肃毒工作者规定了纪律：

以批准名单持证捕人，不得乱捕乱没收；对毒犯的审讯或集训登记中，严禁逼供刑讯；不得乱事宣传；不得泄密。

通过培训，河北建立了一支高素质、高效率、纪律严明的队伍，为以后禁烟禁毒运动沿着正确方向发展，避免错误的发生提供了可能。

1950 年，为了使禁烟禁毒工作顺利开展，各级政府相继成立了肃毒委员会。

肃毒委员会由民政部门会同公安、司法、卫生等部门及各人民团体派员组成，专门负责调查了解种植、制造、贩运、销售及吸食毒品等情况，掌握管理戒烟所，进行宣传教育，劝导烟民戒烟等。

此外，河北省还将中央关于禁毒的相关法律和政策同本省的实际相结合，制定了周全的地方法规和具体的实施办法，使从事禁毒工作的干部有章可循。

1951 年，河北省颁布了《河北省严禁鸦片烟毒暂行办法》，以下简称《办法》。该《办法》规定了禁烟禁毒的各项政策和具体措施，指出：

> 对于烟毒的制造、买卖及贩运，一律严加查禁；严禁种植鸦片，对于民间藏存之烟土要限期上缴，……吸毒烟民，限期向有关部门报告登记，并定期戒除，对不登记或逾期尚未戒除者，均予以处罚。

《办法》还要求烟毒较盛之城市或地区，"设立戒烟所，并要求各级卫生部门配制戒烟药，帮助烟民戒烟，对于贫苦烟民酌予减免收费。"

河北省人民政府颁布的《严禁鸦片烟毒暂行办法》，全面阐明了禁烟禁毒的目的、方针和政策，获得了全省广大人民的积极拥护。同时，也解除了众多烟民的疑虑，减少了禁毒的阻力，对于禁烟禁毒斗争的顺利开展具有重要意义。

1952 年 4 月 29 日，根据中央和华北局关于肃清毒品流行的指示，河北省制定了《关于肃清毒品流行制定实施计划的指示》，提出：

根据河北省情况，应在"三反""五反"
运动的末期，在"三反""五反"的群众热情
基础上，有准备、有计划、有重点、大张旗鼓
地开展一个根除毒品流行的群众运动。因而目
前必须掌握情况，制订计划，做好充分准备。

　　该《关于肃清毒品流行制定实施计划的指示》还对
准备阶段的行动作了具体的指示。

　　1952 年 6 月 25 日，河北省委针对一些地市在肃毒准
备阶段过程中出现的不当行为发布了《关于肃毒准备阶
段应注意问题的通知》，以下简称《通知》。

　　该《通知》以石家庄为例，指出：

　　　　石家庄市最近对毒犯判死刑一名，徒刑两
　　名；出布告、散传单，震动很大，是不妥当的，
　　各地应引起注意。

　　《通知》进一步强调指出：

　　　　7 月 20 日以前是全国肃毒工作的侦察准备
　　阶段，各地应加强工作……等待命令，统一行
　　动。为不过早惊动敌人，在此期间，除已暴露
　　者外，一般不许破案；过去已破案者，亦暂不
　　处理，更不能宣传。

1952 年 8 月 7 日，河北省政府和省公安厅又分别发布了《关于立即开展肃毒运动的密令》和《河北省禁毒行动修订计划》两个文件。这两个文件对开展肃毒运动的意义、政策、步骤、做法以及应注意的事项都作了具体的阐述和部署，强调必须在党委统一领导下，依靠群众、发动群众。

此外，针对当时种植和吸食毒品的人太多，而禁烟的人力、物力又有限这种实际情况，河北确定了全面禁烟而着重打击制毒、贩毒活动，重点卡死流通环节的方针。这是新中国成立初期河北禁烟禁毒斗争非常成功的经验。

与此同时，针对种植和吸食情况，也制定了完善、周密而又切实可行的措施和方案。例如禁种方面，采取强制禁种的同时帮助烟农改种粮食或其他作物的办法，或提供贷款和粮种等等，避免了简单生硬，使烟农因禁种而断绝生计的情况。

在禁吸方面，采取了烟民登记，限期戒断，帮助烟民戒烟等等。这些措施和方法一经贯彻实施，即发挥了强大的威力，保证了禁毒斗争的顺利进行。

禁烟活动是复杂的社会工程，需要相关的多个部门分工负责，协同一致，密切配合，统一行动。在禁毒运动中，河北省各级政府的各有关职能部门取得了协同行动。

各地由公安部门负责检查贩运及烟民登记；卫生部门负责配制戒烟药品，宣传戒烟药方，对医药业进行麻醉药品的登记限卖；民政部门负责召开会议，汇集情况，掌握计划；法院负责惩办毒犯；人民群众团体负责宣传教育。这些部门在运动中互相配合，通力合作，协同一致。所有这些，对于保证禁烟禁毒运动的胜利，起了重要的作用。

1952 年 4 月，河北省在各地开展禁烟禁毒斗争的基础上，为了将残存而又顽固的毒犯彻底肃清，开展了大规模的肃毒运动。

8 月 11 日，根据河北省委的统一部署，全省禁毒重点地区同时开始了行动，肃毒运动由此展开。经过第一期的大举破案和第二期的深入铺开两个阶段，全省破获了大量犯毒案件，逮捕了一批毒犯分子。

除农村一般情节轻微者外，全省毒犯基本上受到了应得的惩治和处理，正是有这些有力措施的保证，才使百余年毒雾弥漫不散的河北大地，在数年间就得以澄清。

内蒙古进行铲除鸦片烟苗行动

1950 年 3 月，内蒙古地区的严寒渐渐退去，千里大草原萌生了一片绿茵茵的春色。

15 日，位于内蒙古西部的大大小小的蒙古包上出现了很多盖着大红公章的布告。

好奇的牧民们围上去一看，原来是一张张禁烟禁毒的公告，只见上面写道：

> 烟毒为害，不仅能使个人倾家荡产，灰心丧志，贻误生产，而且影响民族健康和社会治安至巨。我人民政府对于禁烟禁毒，早具最大决心，并为既定政策。当前急务，首先禁止种植，以根除毒源。
>
> ……自布告发出之日起，一律不准种大烟，违者勒令铲除烟苗，予以处分。各部队、机关、团体人员利用职权纵容包庇者，从严惩处。
>
> 贩卖大烟种子者要依法惩处。

内蒙古自治区西部的呼和浩特、包头、伊克昭盟、巴彦淖尔及乌兰察布地区原为绥远省，解放初期该地区深受烟毒危害。

牧民们看了这个布告，有的惊讶；有的愤怒；有的则是事不关己，高高挂起的麻木不仁的神态。

从这些人的神态上，大致可以确定他们的身份，惊讶者系贫苦但薄有田产的牧民，愤怒者是广有土地的大面积种植者，最后一种应当是一无所有的人了。

50 年代初，由于很多群众对新中国的政策还不了解，因此，鸦片的种植和贩卖活动仍有蔓延之势。

解放前绥远各地广种鸦片，一些反革命分子和土匪还造谣说：

"共产党让穷人翻身，可以种大烟。"

"人民政府允许种一年大烟。"

一些不明真相的群众听了这些谣言，便大量种植鸦片，仅伊克昭盟 1950 年种植鸦片就在 8 万亩以上，其中达拉特旗将种植小麦的水浇地 2/3 种植了鸦片。萨拉齐县、五原县、河套地区的安北县种植户上升，种植面积增加。

据统计，1950 年绥远全省种植鸦片占用的都是土质很好的水浇地。

中共绥远省委十分重视禁烟禁毒工作，决心在全社会开展一场规模空前、史无前例的禁烟禁毒斗争，以彻底杜绝烟毒的危害。

1950 年 4 月 4 日，绥远省公布《绥远省查禁烟毒暂行办法》，以下简称《办法》。

《办法》强调，各级人民政府应把禁烟禁毒工作作为重要任务，协同人民团体作广泛的禁烟禁毒宣传，动员人民起来一致行动，彻底根除烟毒。

为了使禁烟禁毒工作顺利进行，《办法》要求各级人民政府设立禁烟禁毒委员会，由公安、卫生、司法、民政及各人民团体派员组成。

《办法》还规定了禁烟禁毒的各项政策和具体措施。指出对于烟毒的制造、运输、贩卖，一律严密查禁；对于民间藏存之烟土要限期上缴，人民政府为照顾其生活可分别"酌情补价"，但如逾期不缴，则按其情节轻重"分别治罪"；要求吸毒烟民限期向有关部门自报登记，并定期戒除，对不登记者或逾期尚未戒除者，均"予以处罚"。

《办法》要求烟毒较盛城市或地区，设立戒烟所；各级卫生机构，配制戒烟药，帮助烟民戒烟，对于贫苦烟民酌予减免收费。

在中共绥远省委的统一部署下，全省的禁烟禁毒斗争全面展开。各盟、市、旗、县均成立了禁烟禁毒委员会，对这场斗争进行全面领导。

绥远省的禁烟禁毒斗争把禁种鸦片作为首要内容，对鸦片烟毒采取釜底抽薪的方法，从根本上卡住烟毒的来源。各级人民政府和禁烟禁毒委员会首先利用各种形式向人民群众广泛宣传种植鸦片的危害和禁烟禁毒的重要性；同时组织禁烟铲烟工作团深入农村进行铲除鸦片烟苗的工作。

在铲除烟苗工作刚刚开始的时候，许多地方都不同程度地遇到了各种反动势力的阻挠和破坏，一些群众对铲烟也存有侥幸心理；有些地主分子和反动会道门的头子出来造谣惑众，使群众人心惶惶；还有的地主竟公开抵制铲除鸦片烟苗。

萨县的一个地主种了10亩鸦片，不但自己不铲，还阻止别人铲除，气焰十分嚣张。

安北县2名干部前往某乡铲除烟苗时，竟被8名土匪残忍地杀害。

对此，各地人民政府在教育群众，铲除烟苗的同时，对破坏铲烟的土匪进行了坚决打击。

包头市将三区尹六窑子村有意煽动群众种植鸦片的地主分子尹大颏逮捕。萨拉齐县对一些抗拒铲除鸦片烟苗者进行了惩处。

安北县则派出剿匪部队，剿灭匪患，惩治凶顽。

在各地工作团和人民政府的宣传教育下，绝大多数农民群众逐步认识到了种植鸦片的危害，表示拥护和支持人民政府的禁烟政策。

萨拉齐县的一些种烟农民表示："谁种了大烟，谁就把病根子种到自己家里。铲掉大烟，就铲掉了我们的病根子，政府要把这件事做到底呀！"

他们纷纷铲掉自己种植的鸦片烟苗。

陕坝专区将当年种植的鸦片全部铲除，包头于7月23日最后一次查铲，彻底结束了该地区种植鸦片的历史。

1950 年，绥远省全省共铲除鸦片烟苗 17 余万亩，将当年种植的鸦片大部分铲除干净。为了减少损失，铲掉烟苗的土地均改种了宜时的农作物。

在查禁烟苗工作取得重大胜利的基础上，全省禁烟禁毒斗争的重点转入打击制造、贩卖和运输烟毒的活动。各盟、市、县、旗政府相继发出通告，规定现行制贩运烟毒者限期到当地公安部门登记自首，并交出制毒原料及制毒工具。凡诚心悔改又有事实表现者从轻处理；拒不登记自首，死不改悔，或对人民政府采取两面手法者，予以逮捕法办。同时各地加强了对车站、旅店及渡口的检查，以防毒品偷运。

各地通告发布后，许多制贩运烟毒者纷纷到当地公安部门自首登记，并表示彻底悔改。包头市在 1 个月内就有 167 人登记自首。但各地仍有不少制贩烟毒者逾期拒不登记自首，继续从事烟毒的制造与贩卖活动；有的人虽已登记，但暗中仍在制造和贩卖烟毒。因此，各地均采取了必要措施，打击继续从事非法活动者。包头市抓获制造与贩卖烟毒者 714 人，其中刑事处理 250 人，其余则处以劳动教养。

至 1950 年底，全省共查获制贩运烟毒案件千余起。

为了全面深入开展禁烟禁毒斗争，彻底根绝烟毒危害，绥远省于 1951 年 2 月 10 日又公布了《绥远省禁烟禁毒实施办法》和《绥远省严禁烟毒惩处暂行办法》。

《办法》宣布：严厉禁止种植鸦片烟及制造、运输、贩卖烟毒品，违者将从重治罪。凡吸食或注射毒品，需在当地人民政府公布期限内声明登记，并由其亲属、邻居具保监视自戒；不登记者或登记日逾期未戒除及戒后复吸者，应于强制戒除并处罚。民间散存之鸦片烟土，应向当地人民政府登记，听候处理。藏存毒品及制毒原料器械用具一律限期交出，违者依法治罪。

同年2月26日，绥远省人民政府又颁发了《关于禁种大烟的布告》。

《关于禁种大烟的布告》指出："彻底禁绝大烟的种植"是禁烟禁毒的根本办法。《关于禁种大烟的布告》要求各级人民政府要积极宣传并严格执行禁种政策，绝不准许有一粒鸦片种下种。如有种植鸦片或贩卖烟籽者，加重治罪。

随着剿匪斗争的全面胜利，全省境内的土匪基本上被消灭干净，稳定了社会秩序，同时也为禁烟禁毒斗争创造了良好的条件。

活动于安北县的土匪被消灭后，该县于1951年5月将鸦片种植和贩卖活动彻底根绝。

1951年冬至1952年春，全省农业区全面开展土地改革运动。省民政厅1951年10月23日发出指示，要求各地抓紧时机禁烟禁毒配合土地改革，做到土改结束时基本肃清农村中烟毒的制造与贩卖，对于吸食者令其限期戒除。

由于绥远地区种植鸦片有着较长的历史，农村中藏贮鸦片较多，而藏贮的鸦片烟土又大多集中在地主手中。因此，土改运动开始后，各地广泛发动群众揭发检举地主藏贮鸦片的问题，并根据群众的检举令存有鸦片烟土的地主交出毒品。许多地主在农民群众的检举揭发下，被迫交出了所存鸦片、料面等毒品。

截止1952年2月底，仅武川、萨拉齐、清水河3县就已收缴大量鸦片。为了进一步教育农民群众，表示人民政府禁毒决心，各地在土改期间将收缴的毒品一律当众烧毁。

经过3年的艰苦努力，绥远地区的禁烟禁毒斗争以辉煌的胜利而宣告结束。在全省范围内彻底禁绝了鸦片的种植及各种毒品的制造、贩卖和吸食现象，并通过法律手段严厉打击了制贩毒品者。危害绥远各族人民100多年的鸦片烟毒，在新中国诞生后的短期内被彻底铲除。

六、 西北彻底肃清毒害

● 他痛苦万状地说："老板，快救救我，我感
  觉肚子要爆了。"

● 还有的说："清朝那时就禁毒，国民党也禁，
  终归到底没禁完，现在就能禁完吗?"

● 毒犯在群众的声讨声中，犹如过街老鼠，惊
  恐不安。

西安严厉打击制毒贩毒

1951年秋，古城西安天气阴沉，落叶飘零。在一家小旅店里，一个身材肥胖的人正满脸堆笑地向一个头小嘴大的人劝酒，只听胖子说："大嘴，你真有本事，竟然躲过了公安局的检查，安然无事地把货给我送来了。来，我敬你一杯！"

"大嘴"一口饮进一杯酒，连忙奉承说："苗老板，不是我有本事，是你的办法高明。哪个公安想得到我肚子里还藏着东西。"

苗老板说："来，来，快吃菜，吃了好赶紧把东西给我排出来。"说着，用筷子夹了一大块肥肉送到"大嘴"碗里。大嘴来者不拒，统统吃进了肚子里。

"大嘴"酒足饭饱，打着饱嗝说："苗老板，你放心，我这就去给你排下来。"

"大嘴"蹲在一间简易的茅厕里，开始还是满脸笑容，不久，脸色就憋得通红，继而发紫。只听他叫道："苗老板，不好了，这次装多了一点，怎么排不出来啊？"

胖子叫道："你使劲挣啊！"

"大嘴"嘴已发乌，他痛苦万状地说："老板，快救救我，我感觉肚子要爆了。"

胖子也变了脸色说："你使劲，使劲！"

"大嘴"脸上渗出了豆大的汗珠，他忽然歪倒在地上，抱着肚子滚了起来，他大叫："痛，痛……"

胖子一见不妙，丢下"大嘴"，偷偷地跑了。"大嘴"的号叫，召来了旅店的老板。老板见状急忙把大嘴送到了医院。

医生问明情况，通过灌肠才把"大嘴"肚子里的东西取了出来，原来，里面是一包十几两重的毒品。

曾经庆幸逃过公安的眼睛的"大嘴"还是落入了法网。

"大嘴"姓高，人称高大嘴，他原来是西安大毒贩苗绍温手下的毒品贩子。解放后，全国性禁毒运动开始后，他采用把毒品藏在肚子里的办法，偷运毒品，这次因装得太多，排不下来，险性丧了性命。

据高大嘴交代，苗绍温手下像他这样的贩子还有八九个，被称为"肛门队"，另外，苗绍温手下还有 10 多个妇女专门用阴道为他运送毒品，称为"阴户队"。

为了彻底铲除烟毒危害，中共西安市委于 1952 年 8 月开始，开展了一场群众性的大规模禁烟肃毒运动。

市长方仲如亲自任肃毒委员会主任，委员由公、检、法、工商、卫生、工会、妇联、政协、民主党派、宗教等各界人士组成。

1952 年 8 月 11 日凌晨，全市大逮捕正式开始。行动从 1 时开始，至 5 时结束，捕获毒犯 318 人，其中主犯 109 人，惯犯 74 人，现行犯 135 人。

在集中查捕毒犯中，全市出动力量将近 2000 人，其中有西北公安系统干部，市公安局、各分局干部，各区委、区政府等机关干部及高中以上学生共 1500 多人，公安四师、公安大队的 5 个连的武装力量共 450 多人。

行动开始前，各部门领导以局为单位作动员，宣布纪律，传达政策，具体分配查捕任务，4 人为一组，每组查捕一个毒犯，并调集汽车运送人犯。

在执行任务中，各组力量充足，行动迅速，联系通畅，增援及时，步调一致。

在大逮捕的第二天，只召开了一些被捕毒贩家属会，宣传政策，召开干部会和各界人士协商会通报情况，而没有对群众进行普遍深入的宣传。因此，大逮捕对群众震动不大，没有引起必要的反响。

许多群众怀疑政府对肃毒是否有决心，能不能搞彻底，有的群众说：

"禁毒好是好，不知能不能禁完。"

"多少年的事了，慢慢来，一下子还能搞完？"

还有的说："清朝那时就禁毒，没禁得了。国民党也禁，还把好些吸的贩的枪毙了，终归到底没禁完，越禁越多，现在就能禁完吗？"

有些群众怕毒贩打击报复，不敢检举揭发。一些小的毒贩顾虑重重，怕丢人，怕登记，怕斗争，怕逮捕。所以，运动进行一周后，登记毒贩人数很少。

针对这些情况，肃毒委员会经过认真分析，改变了工作方法，确定以宣传、发动群众、加强审讯为第一阶段的中心工作。

第二天，全市即大张旗鼓地开始宣传发动工作。10天内，市、区分别多次召开各种类型宣传会，参加人数达14万余人。会上大讲烟毒的危害，禁毒的重要，向干部群众交代政策，表示政府的决心和信心；让群众明白这是全国性的运动，一个毒贩也漏不了，跑不了，免不了；指出过去是零打碎敲，这次是群众运动，要挖根子，不获全胜不收兵；声明政府给检举者撑腰，对敢于报复者严惩不贷；政府对吸毒者不登记，不斗争，不逮捕，不罚款，号召他们检举毒犯，启发他们挖穷根。

经过深入的宣传发动工作，群众自愿组织劝说组，协助政府规劝毒贩坦白、检举。

毒贩家属对肃毒运动也纷纷称好，毒犯张寿轩的妻子说："政府这次捕的不亏，我丈夫吸贩毒品20多年了，谁拿他都没办法，逮捕了他，我感谢政府。"

肃毒运动使毒犯也受到了震慑，雷神庙街37号的毒犯艾凤霞说："今天开这个会我才了解政府的政策，我要响应政府的号召，回去到派出所登记。"

家住菊花园32号的王庆云，以前是个瘾君子，在政府的戒烟所里戒了烟，他在会上说："从前我吸食毒品搞得身体瘦得和鬼一样，自从戒烟以后，身体慢慢好啦，真是人民政府把我救啦！"

第一次抓捕行动后，市公安局抽调专门力量，组建审讯队，与司法科、各分局刑警队共同承担审讯任务，集中力量审查已捕毒犯，发现和掌握未捕毒犯的线索及毒品的存藏处，扩大战果。对漏网的毒犯及时办理审批手续，编制第二批拟捕的人犯名单，为运动高潮的到来做准备。

8月23日上午，西安市人民政府在革命公园广场召开了15万群众参加的大会，市长方仲如作了动员报告。市公安局张少康副局长宣布逮捕一批毒犯。对坦白、检举、有立功表现的毒犯当场释放，充分体现了"坦白从宽，抗拒从严"的政策。

各界代表相继讲话，动员民众进一步与毒犯作斗争。许多"瘾君子"听到市长在大会上宣布对吸毒者不登记，不斗争，不逮捕，不罚款的政策，激动之情溢于言表，纷纷表示要以实际行动感谢政府的宽大。

几位备受烟毒之害的群众，在大会上声泪俱下地控诉毒犯的罪恶，这种情景，更激起群众对毒犯的愤恨。台上慷慨激昂、台下群情鼎沸。

22日晚逮捕的毒犯，全部被拉进会场示众，接受民众的斗争。毒犯在群众的声讨声中，犹如过街老鼠，惊恐不安，他们也自觉无颜以对西安的民众，低着头，遮着脸，全身哆嗦。

混迹在群众中的毒犯，慑于法律的威严和群众声势的压力，有的吓哭了，有的不敢抬头，有的直发抖，怕当场被抓，有的当场挂号坦白，有的仓皇逃走。毒犯家属也精神紧张，神色不安。

群众对政府禁毒的作法，表示热烈拥护。他们说："照今天看，肃毒运动绝对能搞彻底。""就这样办，不坦白就抓起来。"

吸毒者感谢党的政策，说："这下才把黑皮脱了！""政府政策太宽大了，没啥报答，只有检举，还包庇啥哩！"他们与毒贩划清了界线。

没有坦白的毒贩慑于运动的压力，纷纷跑到派出所登记，南大街已登记过的毒贩，散会后直接到派出所补充交代问题。

毒犯王吉有说；"五反中我把关系未交代清，准备再贩，听了方市长的报告要彻底搞清，不交不成了。"

23 日的全市肃毒群众大会，在群众中引起强烈反响。大会当场收到检举材料近 2 万件。这次大会有组织，有准备，规模大，影响大；毒犯的嚣张气焰受到有力打击，毒犯的阵营被瓦解。全市人民深受鼓舞，运动掀起了高潮。

大会后，各区立刻召开各种座谈会、控诉会，以事实教育群众，进一步发动群众，目标一致，矛头对准毒犯。

据统计，大会后两天内就收到检举材料 4000 件，新登记毒犯 832 人，要求坦白的 1014 人，补充交代材料的 124 人。新捕的毒犯也基本上都供认了犯罪事实，并交代了相关材料 585 件。

运动向纵深方向发展，各区的工作重点转向深挖材料，完成"三交"即交毒品毒具、交贩毒事实、交制贩毒品关系人上来。

当时工作中存在的问题：一是毒贩虽然普遍登记坦白，但多数坦白不彻底，特别是不愿交出毒品。一部分毒贩登记后继续制贩毒品。个别毒贩恐吓、辱骂检举人，造谣惑众。有的冒充工作人员，持枪勒索，向群众要烟要钱。

二是大毒犯究竟存毒多少，其真实情况一时难以摸清。有的毒贩狡猾抵赖，拒不认罪。一些干部显得束手无策，还有一些干部因工作不出成绩而情绪低落。

因此，迫使毒犯交代制毒贩毒罪行和关系人，交出毒品、毒具，严惩毒犯已成为肃毒工作的中心任务。

运动进入第二阶段，市、区肃毒委员会和市公安局、各分局，在总结第一阶段工作的基础上，制定了第二阶段肃毒工作计划，重新调整、充实了各业务部门的工作力量，决定采取"以毒攻毒"的方法，利用矛盾分化瓦解毒贩营垒，坚持内查外调，内攻外压相结合，以毒贩及其家属为工作对象，集中力量，清查存毒，消除隐患。重点掌握有组织的集团帮派等毒贩，并弄清其系统；将毒贩按其违法性质、时间及其成员，进行登记分类。由公安局干部和政治可靠的积极分子组成存毒清查小组，利用毒犯矛盾，召开小型会议，连启发带挤压，突破重点，而后取得全面胜利。

查获现行犯，是各分局工作的重点。这项工作搞得好，能推进整个肃毒工作的进程，控制毒品的流散。各分局集中有效力量，专案侦察，以期做到人赃俱获。

毒犯张世荣，过去打着行商的招牌，经常到柳州、汉口等地大量贩运毒品。西安禁毒运动开始，张世荣逃到三原县躲了10多天，又勾结三原的毒贩潜回西安，打算把存毒运销外地。公安机关根据群众提供的线索，经过侦察，将张世荣捕获，查获了毒品。

对在押毒犯，加强政治攻势，迫其彻底坦白交代，挖取存毒。公安四分局根据毒犯张某交代得知大毒犯刘某尚有毒品已转移。四分局一方面对刘犯突审，一方面组织力量对同案犯进行严密控制，内外结合，双管齐下，一举查获大量毒品料面。

毒犯亲友也是工作的对象之一。他们掌握毒贩有毒情况，打开这个缺口，会有很大的收获。各分局利用肃毒运动的有利形势，对毒犯亲友耐心做好宣传教育和发动工作，通过各团体和组织动员说服，效果显著。毒贩刘小仲，谈小不谈大，办案人员组织清查小组，吸收积极分子和与刘亲近而又靠政府的人参加规劝，晓之以理，动之以情，刘小仲觉得最亲近的人都规劝他，顽固下去绝无好处，终于彻底交代问题。

六分局青年路派出所把辖区内烟民集中起来，宣讲"贩毒发财，吸毒者垮台，要报此恨，检举出来"的道理，组织烟民检举揭发烟犯，仅4天检举材料就达

316 件。

　　有的烟民把自己和毒犯订的攻守同盟和盘托出，有的检举材料把毒贩藏毒地点都写得清清楚楚。新民街毒贩贺先金，制毒手艺高，曾给一些毒贩制过大量毒品。运动初期，拒不交代，规劝也无效，后来街巷群众开会斗争，给他造成了很大压力。第二天就自动去派出所登记，交出存毒、制毒原料和制毒工具。

　　他在悔过书中写道"斗争会上虽未坦白，但口硬心软，回去睡不着，想来想去只有坦白，决心检举立功。"于是检举了现行犯，协助公安机关破了案。

　　9 月 2 日，市公安局制定了《毒贩排队暂行标准》，作为内部掌握。规定对不同情节，不同表现，不同程度的毒犯作如下处理：

　　　　即分为不以毒贩论处、不捕不罚、具结悔
　　过、免予处分、社会管制逮捕法办与教育改造
　　相结合；坦白从宽、抗拒从严；过去从宽、今
　　后从严。重点打击制造、贩卖、运送烟毒的大
　　犯、主犯、惯犯和现行犯；教育改造小犯、从
　　犯、偶犯；动员监督烟民戒烟。

　　本着这个精神，各分局、派出所对已登记的毒犯，经过查对材料、搜集证据、调查研究，按其不同的贩毒数量、情节、性质，及运动中的表现排队，作出结论，

交群众讨论，经分局研究，报市公安局批准，然后召开群众大会宣布处理。

　　西安市禁烟肃毒运动，自1952年8月开始到1952年底结束，历时4个多月，共处理各类毒贩1万余名，施戒烟民6000人，登记毒贩1万余人。运动中共收到检举材料7万余件，缴获大量大烟、制毒原料醋酸、巴比通、普鲁卡因、咖啡因，缴获制毒机器、制毒工具和其他物品。

甘肃慎重稳进开展禁烟运动

甘肃的禁毒工作开始于 1950 年 3 月。

2 月 24 日，中央人民政府政务院发布《关于严禁鸦片烟毒的通令》，禁止种植、贩运、制造及售卖烟土毒品。

3 月 20 日，甘肃省发布《禁烟禁毒公告》。

这表明人民政府为保证人民身体健康，恢复发展生产，彻底根绝鸦片烟毒的决心。

据 1950 年 6 月不完全统计，皋兰、水靖等县种烟，基中皋兰种植最多，达 6 万余亩。

各级政府组织工作组，深入群众，广泛宣传党的政策，发动群众禁绝烟毒，使查禁工作得以顺利进行。至 6 月底，全省铲除烟苗 11 万多亩。

解放初期，烟毒是甘肃一个非常严重的社会问题。

在一些产烟区，农历 7、8 月间，割烟人、烟贩子蝇聚烟区，割制、贩卖活动十分猖獗，吸食鸦片者，人数之多，冠西北五省之首。

这个问题，引起了党和人民政府的密切关注，在百废待举的情况下，甘肃省仍采取各种措施禁烟肃毒。

1950 年，政府普遍组织工作组，深入群众，宣传党的政策，发动群众禁绝烟毒，使查禁工作有了很大起色。

1951 年 1 月 17 日，甘肃省再次发布《关于严禁鸦片烟毒的布告》，在烟毒较多地区、交通要道、人口集中地点广为张贴。

2 月 16 日，西北军政委员会颁布《西北区禁烟禁毒暂行办法》，指出查禁工作以禁种、禁贩为重点。

全省各地成立了禁烟禁毒委员会或禁烟小组，结合减租、土改及春耕生产等中心工作，发动群众，铲除烟苗，有力地制止了鸦片在甘肃省汉民地区的大规模种植。

兰州市是西北最大的烟毒集散地之一，同时也是贩卖甘肃临夏、夏河、皋兰、岷县、永靖等县大烟及其制成品的中心。

1952 年 5 月，遵照西北军政委员会公安部指示，甘肃省以兰州、天水两市为重点，大张旗鼓地开展了一次群众性的肃毒运动。

此次运动打击的重点是集体大量制造、贩卖、包运毒品与严重违法的国家工作人员。

兰州、天水成立了统战形式的禁毒委员会，干部、学生的积极分子参加了肃毒工作。

运动期间，禁毒委员会先后召开居民小组、烟民、毒犯家属等群众会议，受教育群众 32 万多人。其中兰州市民受教育面达 82%，群众称"禁烟是救命"，积极检举，提供毒品线索。毒犯主动向人民政府坦白登记。缴获大量大烟、毒具，逮捕重大毒品犯。

这次大规模肃毒运动，基本上摧毁了兰州这个毒品制贩基地。

甘南，堪称甘肃烟毒产源之一。

这里是藏族聚居区，从20世纪20年代起，在卓尼部分地区和白龙江流域开始种植鸦片，至解放前几年，已延及夏河局部地区。

历史上，卓尼杨土司衙门和国民党夏河、临河潭县政府曾经禁过烟毒，但收效甚微。

解放初，党和人民政府对甘南的禁毒工作，采取"慎重稳进"的方针。

卓尼的上下迭、插岗、铁坝和夏河的清水、上下卡加、博拉等地一度成为甘肃广种大烟、盛产毒品的"金三角"，形成以卓尼、夏河种生烟，临潭旧城和夏河县加工、贩卖鸦片的"一条龙"式生产销售网。

偷种大烟的涉及全州3个县，1万多户，6万余人。种植面积占耕地总面种的17%。

1953年，中共甘肃省委执行中央人民政府政务院通令，制定了工作方针：

坚决禁种，慎重稳进，逐步根除甘南烟毒。

州委多次召集会议，反复研究，决定藏区重点抓禁种。民族杂居的县、镇突出抓禁制禁贩和禁吸。

在积极配合部队，剿灭马良叛匪，安定社会治安的基础上，广泛发动群众铲除烟苗。

1954 年 6 月 15 日，甘肃省任命黄正清为甘南禁毒委员会主任委员、王治国、杨复兴、黄祥、吴子明、杨丹珠、金巴、丁立夫等为副主任委员，才巴郎吉等人为委员。

甘南藏族自治州随之发布布告，宣布在甘南全区全面禁烟禁毒。

自治州召开政府委员会和协商委员会联席扩大会议，对禁烟禁毒工作作了进一步动员和具体部署。

全区即抽调干部、民族宗教界上层人士组成工作组、武工队，分赴各产烟区开展工作。

经过广泛深入的宣传，大部分地方做到了"自种自铲"。

甘肃省还及时发放生产补助款和救济粮，组织医疗、贸易小组下乡支援，有力地促进了烟民"弃烟还农（牧）"的转变。

至 1956 年底，全甘南累计铲除大烟 38.5 万多亩，查获大烟 1.2 万多公斤，使严重吸毒者戒除了毒病，从而消除了全省一大毒源。

1957 年，制贩毒品犯罪现象再度抬头。

1958 年 5 月 24 日，中共甘肃省委批准了省公安厅党组提出的《关于肃毒工作的意见》。

全省以临夏、武都、天水、兰州及甘南的临潭为重点，开展了打击制贩毒品犯的斗争。

到 7 月底，共逮捕毒贩 785 人，管制 131 人，集训

1014 人，缴获大烟 2436 两，给了毒品犯罪分子一次沉重打击。

　　解放后 10 年间，甘肃省各地累计铲烟 60 余万多亩，打击毒品犯 6800 余名，缴获烟毒近 40 万两，10 余万人戒了烟毒。

　　肆虐甘肃数十年的烟祸，在共产党、人民政府的领导下，终于得到了制止，这一成就，赢得了人民的高度赞誉，为世人瞩目！

本书主要参考资料

《共和国开国岁月》张国星 何明著 中共党史出版社

《毒品在中国》马模贞著 北京出版社

《禁娼禁毒》马维纲著 警官教育出版社

《中国毒品史》苏智良著 上海人民出版社

《中国禁毒风云录》胡杉 玲涛编 中央党史出版社

《中国禁毒历程》蒋秋明 朱庆葆编 天津教育出版社

《毒品犯罪及对策》欧阳涛 陈泽宪主编 群众出版社

《从虎门销烟到当代中国禁毒》凌青 邵秦编 四川人
  民出版社

《共和国风云实录丛书：大禁毒》喻晓东 李云东编
  团结出版社

《党的文献：建国初期禁绝烟毒始末》毕宏吏著 中
  共中央文献研究室

《中南海三代领导集体与共和国政法实录》严书翰主
  编 中国经济出版社